交通警察の夜

東野圭吾 著　王蘊潔 譯

Contents

天使之耳

1

收音機中傳來午夜零點的報時。

「接下來要為各位聽眾播放的是一首前陣子很流行的歌曲，這首歌的第一句歌詞曾經廣為流傳，一度成為流行語。現在就請聽由松任谷由實演唱的〈反覆吶喊〉。」

正在寫報告的陣內瞬介停下手，開大收音機音量。這是他喜愛的歌曲。正如DJ所說，他也記得第一句的歌詞，於是隨著旋律哼唱。

為何為何我們會相遇，
緊緊擁抱，瀕臨破碎。

他不記得接下來的歌詞，只能隨便哼著旋律。

「這首歌真好聽，聽著聽著就會被感動了。」

主任金澤巡查部長在為陣內倒茶時說。

「啊，謝謝，不好意思——很好聽吧？唱這首歌的女生每次推出新歌就可以進帳好幾億圓。有才華的人果然很厲害。」

「我們辛苦工作一輩子，也抵不上這首歌的唱片收入吧。」

「是啊，但現在已經不是發行唱片，而是CD了。」

不一會兒，桌上的電話響了。金澤迅速接起電話，陣內看到他原本放鬆的表情變得緊張，立刻起身。

——有工作要忙了。

「C町三丁目路口，兩輛汽車對撞。」

金澤掛上電話時說道。

「是目擊者報案嗎？」

「不，是其中一個駕駛人。」

既然是駕駛人報案，可見傷勢並不嚴重。陣內暗自鬆了一口氣，但金澤看著他搖頭說：「現在還不能安心，聽說另一位駕駛人身受重傷，有生命危險。」

「有生命危險……」

陣內神色再度變得凝重。

他們坐上處理車禍專用的廂型車前往現場。C町三丁目就是面對花屋大道的雙向四車道馬路，是許多小店林立的商店街，白天很熱鬧，晚上九點之後就沒什麼人了。

他們很快就找到了車禍現場。外勤的警車已經趕到，正在指揮交通，周圍聚集了不少看熱鬧的人。

「啊呀，沒想到這麼嚴重。」

金澤在車上看到現場的狀況，忍不住嘆氣。一輛黑色進口車和一輛黃色小客車相撞。

小客車重重撞向位在十字路口左角的電線桿，進口車的引擎蓋嵌進輕型汽車的駕駛座。進口車幾乎沒有變形，但小客車就像是揉成一團的紙屑般慘不忍睹。

陣內根據之前處理車禍的經驗猜測，應該是其中一名駕駛人闖紅燈。

他把車子停在警車旁，一名外勤警察走過來打招呼。

「辛苦了。」

陣內和金澤也回應他。

「救護車來了嗎？」金澤問。

「來過了，已經送一名傷者去市立醫院，是小客車的駕駛人。」

陣內並不意外。車子撞成那樣，不可能只受輕傷。

「其他人沒有受傷嗎？」

「是，幸好都沒有大礙，真是個奇蹟。」

「進口車果然比較耐撞。」

金澤說完後，巡查員警搖頭說：

「我不是這個意思，小客車的乘客幾乎沒有受傷。」

「啊？那輛車上還有其他乘客嗎？」陣內忍不住出聲。

「幸好那名乘客不是坐在副駕駛座，而是坐在駕駛座後方。雖然車子嚴重變形，但那名乘客剛好位在形成空隙的地方，所以幾乎毫髮無傷。」

「是喔，那的確是個奇蹟。」

陣內發出感嘆的聲音。

現場位在花屋大道和雙向各有一個車道的道路交會處，除了有車輛用的號誌燈以外，還有行人過花屋大道時的交通號誌。綠燈時，會響起「通行歌」的旋律。

馬路旁是人行道，人行道旁是一排商店，其中還有一家門面不大的銀行，銀行門口掛著LED數位電子時鐘，顯示目前的時間是零點二十二分。

「有沒有目擊者？」金澤問外勤警員。

「目前還不知道，我們會繼續尋找的。」

「麻煩你們了。」

他們立刻開始調查現場狀況。因為當事人還留在現場，他們便決定順便做筆錄。首先是進口車的駕駛人——友野和雄。

友野今年二十三歲，有一張娃娃臉，雙排釦西裝和他乾瘦的身形很不相襯。當問他職業時，他挺起胸膛回答說：

「自由業。」

如今已經是沒有穩定工作的人也可以開進口車的時代了。

陣內不動聲色地把臉湊到友野面前，沒有聞到酒味。

正式開始調查時，友野用高亢的聲音大叫著：

「是綠燈啦，我這個方向是綠燈，但那輛小客車就這樣撞過來。」

「別激動，」陣內安撫他，「我們從頭說起。首先，你是從哪裡來，準備去哪裡？」

「我從那裡來，」友野指著路口的東側，然後看向相反的方向說，「打算往那裡去。」

友野是由東向西，要穿越南北走向的花屋大道。

「當時的車速是多少？」陣內問。

「我有遵守最高速限啦。」

友野噘著嘴脣。

「所以時速是多少呢？」

陣內繼續追問。友野撇著嘴，把頭轉到一旁，看得出來他在找速限標誌。然後，他小聲回答：「差不多四十公里左右。」

「真的嗎？是真是假，只要看輪胎的痕跡馬上就能知道。」

陣內嚇唬他，友野一臉洩氣，撥撥頭髮說：

「我不記得，反正我有保持安全速度。」

「這樣啊……好吧——你剛才說，前方的號誌是綠燈嗎？」

友野把臉湊到陣內面前說：

「綠燈、綠燈，絕對是綠燈。」
「從什麼時候開始綠燈？」
「呃……」友野驚訝地問：「你問什麼時候？」
「就是在距離燈號幾公尺前變成綠燈？還是你本來在等紅燈，看到綠燈後，才開動車子？」
友野想了一下後回答說：「不，一直是綠燈。」
「一直？一直都是綠燈？」
根本不可能有這種事。
「我不是這個意思，我是說，當我注意到時，號誌就已經是綠燈，好像是我們經過前一個號誌燈時就已經是綠燈了。我……我們經過這裡時，也是綠燈。」
「你是怎麼經過前面那個號誌燈的？有沒有等紅燈？」
「我有點忘了，好像沒有等紅燈……」友野又想了一下，最後乾脆放棄。「我忘了。」
陣內看向在一旁聽他們說話的金澤，金澤用眼神示意這樣可以了。
「那請你詳細說明一下車禍當時的情況。你看到前方是綠燈，所以就駛入十字路口，對嗎？」
「對啊對啊，結果那輛車子就從左側衝出來，一下子就衝到我的車前，我馬上踩了煞車，但還是來不及——」

友野做出投降的姿勢，突出下唇，搖搖頭。

「你沒有發現有車靠近嗎？」

「這個啊，呃……」友野結巴起來，「雖然我發現了，但老實說，因為那個方向是紅燈，我沒想到那輛車會衝過來。」

「原來是這樣。」

陣內回應後，友野似乎以為陣內同意他的意見，露出開心的表情，簡直就像個小孩子。

陣內又問了車禍後的事。友野說，他和同車的女性朋友立刻下車，用附近的公用電話撥打一一九和一一〇。因為對方受傷，他們想要做點什麼，但車門變形，實在無能為力。

「我大致瞭解了。」陣內放下筆，「不過，還是請你去醫院檢查一下，因為車禍的影響很可怕。同時要把車子移走，雖然這輛車子可能還可以開，但最好不要自行開回家，請JAF❶來比較好。」

友野點點頭，突然想到似地問：

「我是綠燈的時候經過路口，所以不是我的錯吧？」

陣內思考著該怎麼回答，金澤第一次開口。

「要視實際情況而定，更何況還不知道對方駕駛會怎麼說。」

友野的嘴巴稍微動了一下。雖然是微妙的變化，但似乎帶著一絲笑容，陣內感到有點不悅。

接著，陣內又向友野的女性朋友瞭解情況。她叫畑山瑠美子，是一名大學生，如果不計較她眼神渙散和無力張開的雙唇，應該可以算是美女。她每次挪動身體，就露出灰白色毛皮大衣下、被迷你裙包裹的雙腿。

陣內問了幾個和友野相同的問題，但她無法提供令人滿意的答案。

「因為我當時在睡覺。」她回答說，「結果咚的一聲，車子被用力撞了一下，我醒過來時就那樣了，所以我什麼都不知道。」

她特別強調「什麼都不知道」這句話。

「所以妳也不知道號誌燈的情況嘍？」

瑠美子聽了陣內這個問題，一臉驚訝，然後慌忙在臉前搖著手說：「不，是綠燈，我們前方的號誌燈是綠燈。」

「妳當時不是睡著了嗎？」

「可是……撞到之後我就醒了，下車時看到是綠燈。」

「但有可能剛好是從紅燈變成綠燈。」

「不，因為……後來馬上就從綠燈變成黃燈，然後又變紅燈。如果是剛從紅燈變成綠

❶日本汽車聯盟（Japan Automobile Federation，簡稱JAF）為一法人協會，成立的目的是處理與汽車相關事務，並保護車主與駕駛的利益，亦負責道路救援。

燈，不是還會繼續綠燈嗎？」

瑠美子抬頭看著陣內的臉，似乎在向他力爭。

「原來是這樣，我瞭解妳的意思了。」

聽到陣內的回答，她才鬆一口氣。

陣內向畑山瑠美子道別後環顧四周，然後走向外勤員警。因為他沒看到小客車的乘客。

「喔，她在那裡。」

外勤的巡查指著號誌燈旁的電話亭。一個看起來像高中生的女生穿著棕色牛角釦大衣，站在玻璃電話亭內。電話亭的門開著，她似乎在打電話。

「雖然請她一起上救護車，但她說自己沒事，不願上車。」

「這樣啊。」

陣內走過去，向她輕輕揮手打招呼，雖然她面對著陣內的方向，卻完全沒有察覺。

「沒用的，」巡查在陣內的身後對他說，「她的眼睛看不到，剛才是我告訴她，那裡有一個電話亭。」

2

少女名叫御廚奈穗。被送往醫院的駕駛人是她的哥哥，名叫健三。兄妹兩人從鄰町的親戚家出發，正準備回家。從他們親戚家的住址判斷，御廚健三應該是沿著花屋大道，從南向北行駛。

奈穗戴了一副淺色眼鏡，眼鏡後方是一雙睜大的雙眼，不知情的人絕對想不到她完全沒有視力。加上她的皮膚像陶瓷般細膩，完全可以稱為美少女。

陣內在廂型車上向她詢問情況。

「妳知道發生了什麼事吧？」

陣內努力用柔和的語氣問道，奈穗點點頭。

「妳還記得車禍發生前的事嗎？」

「記得。」

「妳和哥哥在聊天嗎？」

「不，剛離開親戚家時我們曾經聊天，但在車禍發生前，我們都在聽廣播，幾乎沒有說話。」

雖然她說自己讀高二，但說話比普通同齡的女孩更清晰有條理。

「這樣啊。」陣內簡單回應後，開始思考下一個問題。怎樣才能從雙目失明的她口中問出有用的情報？

「這個問題，妳可以憑妳的感覺回答。請問妳認為當時的車速是多少？車子開得很快嗎？」

發問的同時，陣內覺得自己問了一個笨問題。因為車速的快慢完全取決於每個人的主觀。

雖然陣內這麼反省，沒想到奈穗的回答出乎他的意料。

「我想當時的時速應該是五十公里到六十公里左右，因為是深夜，所以哥哥的車速比較快。」

陣內不禁和金澤互看一眼。

「妳怎麼知道車速？」金澤問。

「因為哥哥經常載我，我可以根據車子的震動和引擎的聲音判斷。」

奈穗理所當然地回答。

於是，陣內繼續問了聽起來很荒唐的問題。他問奈穗，她覺得當時號誌燈是什麼顏色，沒想到奈穗也沒有回答不知道。

「應該是綠燈。」她充滿自信地回答。

「為什麼？」

「因為在車禍發生前不久，哥哥對我說，太好了，是綠燈，來得早不如來得巧。」

「他說『太好了，是綠燈』嗎？」

陣內不知道該如何處理她的證詞。因為並不是她親眼看到前方是綠燈。

「而且，」陣內還在思考，奈穗稍稍提高音量，停頓一下後又繼續說：「而且，我哥不是那種冒失的人，他絕對不可能沒有看到紅燈，或是故意闖紅燈。」

勘驗完現場，確認發生車禍的車輛已經移走後，陣內和金澤一起前往御廚健三被送去的市立醫院，奈穗也和他們同車，外勤的員警則帶友野和雄與畑山瑠美子前往醫院。

來到醫院時，奈穗的父母已經等在那裡，一看到她，立刻滿臉擔心地跑了過來。

「哥哥的情況怎麼樣？」奈穗問。她的母親告訴她，目前正在手術。

陣內和金澤決定在稍遠處等待。因為一方面要確認健三是否救活了，而且也要向醫師索取健三的血液檢體，以便確認血液中的酒精濃度。

「你怎麼看這起車禍？」

陣內瞥了家屬一眼後問金澤。

「很難判斷，」主任說，「雙方都說前方是綠燈，而且那個妹妹並不是親眼看到，我不是歧視身心障礙者，但情況還是對她很不利。」

「要等她哥哥作證後才能見分曉嗎？」

「沒錯。」

但是，如果健三最後沒有清醒，也許就只能以友野和他的女性朋友的證詞來判斷當時的情況。

「不管怎麼樣，我們還是只能立個看板了吧。」

「是啊，雖然無法指望有什麼收穫。」

既然雙方都主張前方是綠燈，尋找目擊證人就成為最好的解決之道。但是，在現場圍觀看熱鬧的民眾中並沒有目擊者，所以只能在現場附近放置看板，呼籲目擊者出面作證。只不過根據陣內的經驗，這種看板從來不曾發揮過任何作用。

「手術好像結束了。」

陣內聽到金澤的話，轉頭一看，發現醫生剛好走出手術室。醫生一臉凝重的表情，對御廚家的父母說著什麼。奈穗可能聽到醫生的話，她第一個哭倒在地。

3

加瀨紀夫看了螢幕中的影像後，滿意地點點頭。這次拍出來的效果很不錯，完全沒有拍到任何不必要的畫面，而且畫面很震撼。

——因為是真的車禍。

紀夫去年上大學後，開始迷上攝影。因為父母送了他一台攝影機作為他考上大學的獎勵。起初他只是隨便亂拍就很高興，不久之後，他決定製作自己的作品。只不過拍劇情片太費事了，所以他最近熱衷一件事，只要哪裡發生了什麼事件，他就馬上去現場拍攝，然後自己剪輯，做成新聞節目，還自己上字幕。

只不過生活中並沒有太多可以稱為重大的事件，幾乎都是『紅葉的季節到了』、『今年的第一場雪』之類的。他對這一點感到很不滿。

就在這時，發生了今晚這場車禍。他聽到砰一聲巨響，立刻打開窗戶一看，發現有兩輛車在前面的路口相撞。紀夫興奮地扛著攝影機趕到現場，拍到了警車和救護車抵達現場，以及從車上把傷者救出來的畫面。

——雖然這麼說太貪心了，但真希望可以拍到車禍的瞬間。

紀夫知道這是異想天開。他看著螢幕，不禁得意起來。畫面中拍到號誌燈和附近情況，因為他剛才故意把車禍現場周圍的狀況也拍進去了。

——要怎麼剪輯這部影片呢？

紀夫開始思考剪輯的手法。

4

隔天早晨天亮後，陣內和金澤再度前往車禍現場。輪胎滑行痕跡兩三天內不會消失，所以在天色亮的時候拍攝比較理想。

「從煞車痕跡研判，友野的車速將近七十公里。那個王八蛋，竟然說謊。」

平時溫厚的金澤難得用這種強烈的語氣說話。可能是因為御廚健三死亡的關係，而且直接加害人友野不知道什麼時候從醫院消失不見，甚至沒有向死者家屬表示一下哀悼之意。陣內打電話去友野家，他竟然不悅地說：「又不是我的過錯。是他自己闖紅燈，送命也是自作自受。」

陣內說，即使是這樣，也應該向對方家屬表示哀悼，友野厚顏無恥地說：「我才是被害人，應該是他們來道歉才對。」

金澤在確認主要的調查項目後說：

「那個年輕女生說的沒錯，御廚健三的車速在五十到六十之間，但踩煞車的時機稍微慢了點。如果直接衝過去，或許可以避免死亡車禍，但現在說這些也無濟於事。」

「超過速限十到二十公里也還在容許範圍。」

因為陣內對友野的印象很差，所以也不禁袒護御廚健三。

他們離開之前，在現場立了看板。看板上寫著以下的內容——

『本月七日凌晨零點左右，在本路口發生兩輛小客車相撞的車禍。目前正在尋找目擊者，請目擊者和××分局交通課聯絡。』

陣內重新看了上面的文字後嘆了一口氣。即使有目擊者，仍會基於某些原因不願意出面。就算只是基於「太麻煩了」這個簡單的理由，也不會因為看到這個看板就改變心意。不，更重要的是到底有幾個人會看到這個看板，而且讀完上面的內容。

「我有一種不祥的預感，感覺這起車禍可能就這樣沒了下文。」

陣內看著許多人走過斑馬線，小聲嘀咕道。無論再大的車禍，三天之後，幾乎就不會有人記得了。

「無論如何，再等等看。」

金澤也無力地回答。

那天晚上，陣內換了樸素的衣服出門散步，但他並不是完全漫無目的。御廚家離陣內的租屋處不遠，他知道御廚家在今天晚上為兒子守靈。雖然他自我辯解說，只是去瞭解一下情況，但其實是想去見御廚奈穗。

御廚家是一片住宅區中的一棟老舊木造房子，佔地大約六、七十坪。站在圍牆外就可以看到院子裡種了柿子樹。

陣內看向玄關，感到有點異常。現場的情況不太對勁，好幾個人神色慌張地進進出出。陣內看到奈穗的母親在那裡，於是就上前詢問發生什麼事。奈穗的母親起初沒認出他，但隨即想起他就是昨天晚上見到的交通課員警。

「奈穗和友紀不見了，她們剛才還在這裡。」

友紀是比奈穗小兩歲的妹妹，她們差不多一個小時前突然不見了。

「姊姊。」

一個肥胖的中年男人跑過來。大概是奈穗的舅舅。

「我剛才問了馬路旁的菸店，老闆說，看起來很像她們姊妹的兩個女孩子搭上計程車。妳知道她們要去哪裡嗎？」

「計程車？」奈穗的母親臉上露出比剛才更不安的表情，「不，我完全不知道……她們兩姊妹到底想去哪裡？」

——該不會……

一個念頭閃過陣內的腦海。他轉身離開後，來到她們搭上計程車的馬路，剛好有一輛計程車駛來，陣內便攔車坐上去。

「請去C町三丁目的路口。」他對司機說。

在離車禍現場還有一小段距離的地方下車，陣內徒步過去。銀行前的電子時鐘顯示目前是九點十二分，現在這個時間，來往車輛的數量驟減，路上的行人也寥寥無幾。

陣內沒有猜錯，奈穗的確在這裡。她穿著深藍色制服，站在十字路口的角落。站在她身旁的應該是她的妹妹友紀，她比奈穗更高，穿著黑色套裝，乍看之下，友紀更像是姊姊。

「妳們在這裡做什麼？」

陣內問道，她們兩個人都嚇得抖了一下。友紀警戒地向後退，露出倔強的眼神。

「你是昨天的警察先生嗎？」

奈穗微微偏著頭問。陣內回答說「沒錯」，她才終於放鬆一些。

「我剛才去過妳家，結果大家都在擔心妳們。趕快回家吧，我送妳們。」

奈穗沉默片刻，用平靜的聲音說：

「我帶妹妹來看車禍現場，因為她說無論如何都要來看，所以我們一起過來，在這裡為哥哥守靈。」

「原來是這樣。」

陣內看向她妹妹。友紀在身體前方輕輕握著手，然後看著自己的手，她的手腕上是迪士尼電子錶，和她一身成熟打扮很不相襯。

陣內打電話去御廚家後，叫了計程車送她們回家。在車上，奈穗問了陣內調查的後續進展。

「畢竟沒有目擊者……」

陣內覺得自己像在辯解。

「如果最後還是無法釐清當時的情況怎麼辦？對方就不必負任何責任了嗎？」

「不，目前還無法判斷，我想會把資料移送檢方。但是……」
「但是？」
「如果沒有證據就無法在法院審理，所以檢方決定不起訴的可能性很高。」
「就無法告他了嗎？」
奈穗的聲音變得很尖銳。
「嗯，是啊。」陣內回答說。她咬著嘴唇。
「但我們會避免這種情況發生，所以才會製作尋找目擊者的看板。」
「我知道。」
奈穗推推墨鏡，然後微微轉向陣內的方向。
「警察先生，目擊是指親眼看到的意思嗎？」
「對啊，怎麼了？」
「不，沒事。」
奈穗輕輕搖搖頭，轉向妹妹的方向。她的妹妹始終看著車窗外的風景，坐上計程車後，她一句話也沒說。

5

隔天，有一個自稱是目擊證人的男人出現了。他姓石田，是一名學生，穿著黑色皮夾克和牛仔褲，頭髮挑染成棕色。

陣內和金澤在交通課角落的桌子前聽男人說明情況。

「我記得當時快十二點了，我開車經過那條路，結果就剛好看到了……因為就發生在眼前，我嚇了一大跳。」

石田在說話時嚼著口香糖。

「那條路是哪條路？」

陣內拿出地圖放在石田面前。石田揚起下巴看著地圖，然後指著一條路說：「這裡。」那是和花屋大道交會的道路。

「你是從哪裡經過這裡？」陣內問。

「從這裡到這裡。」

石田用留了指甲的手指指著地圖說。根據他的說明，他從和友野車子相反的方向駛來，然後又駛向相反的方向。

「所以你經過了車禍現場旁，對嗎？」

「沒錯，沒錯。」石田頻頻點頭。

「但是，」陣內看著他的眼睛問，「但是沒人看到在車禍發生後，有車子經過現場。」

石田用鼻孔噴氣說：

「大家都忘記了，或者都只注意到發生車禍的車子。」

陣內瞥了金澤一眼，金澤微微點一下頭。

「那就請你詳細說明一下看到的情況。」

「我在路上開車，看到前方是綠燈，所以就打算開過去，結果一輛黃色的車子突然衝過來。因為離我還有一段距離，我就趕快踩了煞車，但迎面而來的一輛進口車就撞上了。」

石田把自己的手掌當成車子，向他們說明。

「原來是這樣。」陣內點了點頭，「所以是那輛黃色的車子闖紅燈。」

陣內用原子筆敲著桌子後問：

「為什麼現在才想到通知警方？」

石田露出淡淡的笑容說：

「因為我不想被捲入麻煩事，我又沒什麼好處，只不過想到我的證詞可能會幫到別人，就覺得還是來說一下比較好，於是就來了。」

「幸虧你改變主意。」

「對不對？雖然不知道我的證詞會幫到誰，但真希望那個人會給我一點零用錢花——好了，那我就告辭了。」

石田正準備站起來，陣內抓住了他的袖子。石田臉色大變：

「幹嘛？」

「我想瞭解一些更詳細的情況。」

「該說的我都說了。」

「沒這回事，重點還在後頭。首先，你為什麼在那個時候經過那裡——可以請你先說明這個問題嗎？」

石田的供詞大致符合邏輯。他之所以會去那裡，是幫打工地方的老闆跑腿去鄰町，然後在回程的路上遇到那起車禍。那輛皇冠轎車是老闆的。他離開鄰町客戶那裡的時間沒有問題，路程上也沒有任何不自然的地方。

但是，陣內並不會因此就完全相信對方。以他對石田的印象，認為他不是那種看到車禍發生，會特地來向警方說明的人，很可能是友野的朋友來作偽證。

「希望有什麼可以證明你那個時候在車禍現場的證據，那就真的幫了大忙了。」

陣內故意改變語氣說道，石田得意地回答說：「當然有啊。」

陣內大吃一驚問：

「什麼證據？」

「因為我之後馬上打電話回店裡，用汽車上的電話打的。我請他們幫忙錄一下我想看的電視節目，然後就順便告訴老闆，剛才看到重大的車禍。你只要去問我老闆就知道了。」

「那是幾點的時候？」

「嗯，我想一想，」石田抓著下巴，露出思考的表情，然後「啪」地打了一個響指說：「對了，其實根本不用想，就是在快十二點的時候。因為我想叫他們幫我錄十二點開始的節目。」

「是喔，原來是快十二點的時候。」

陣內看著石田。石田那張看起來像爬蟲類的臉上露出像蛇一樣的笑容。

送石田離開後，陣內立刻打電話去他打工的咖啡店。姓荻原的老闆全面肯定石田說的話，也確認在快十二點時接到石田的電話。

「當時錄的錄影帶還在，要不要送去警局？」

荻原從容不迫地說。雖然看那種錄影帶也沒用，但還是請他送來警局。

「你有什麼看法？」

陣內請教金澤的意見。

「無法相信。」主任表達意見，「聽起來就像是套好招的感覺，太不自然了，而且他竟然還知道當事人才知道的事，我猜想應該與友野和雄有什麼關係。」

「我有同感。」

更何況發生了號誌燈相關的車禍後兩三天才出現目擊者這件事就有問題，這種情況幾乎都是受某一方之託來作偽證。有時候甚至會出現雙方都派出假的目擊證人這種事。

「總之，要進一步求證石田說的話，如果他們是同夥，一定已經套好招了，但百密總有一疏，一定會在某個地方露出馬腳。如果有需要，可以加派人手。」

「我知道了，我很快會拆穿他的謊言。」

陣內把電話拿到面前，在拿起話筒之前，轉頭看著金澤的方向說：

「要不要把石田說的話告訴那個妹妹？」

「那個妹妹？」金澤挑起眉毛。

「就是御廚奈穗，如果石田真的曾經在車禍發生後經過，她也許會記得。」

「但是，她應該不會說對自己不利的情況吧？」

「我先不說石田說了些什麼，這樣她就不知道是不是對自己不利。」

「有道理。」金澤想了一下後，摩拳擦掌地說：「好，那就試試，反正死馬當活馬醫。」

但事實證明真的是活馬。

6

「那個人說謊。」

奈穗用響亮的聲音斷言。因為聲音很大聲，其他員警都紛紛看了過來。

「你為什麼認為他在說謊？」金澤用平靜的語氣問。

「因為車禍發生後，根本沒有車子經過我們旁邊，如果有車子經過，我會聽到聲音。」

陣內只告訴她，目擊者的車子經過車禍現場，但並沒有告訴她，那輛車是從哪裡開過來，所以照理說，她無法判斷目擊者到底是敵是友。

「但是，妳當時很慌亂，也許並沒有聽到。」

陣內說，奈穗轉向他的方向，動作很精準，簡直就像眼睛可以看到。

「警察先生，你會因為慌亂，眼睛看不到嗎？」

「不，眼睛不會有這種情況……」

「對不對？我們的耳朵就相當於你們的眼睛。」

奈穗毅然地說，陣內無言以對。

金澤接替陣內說：

「但是，那個人有證據，雖然也稱不上是證據，總之，他可以證明當時經過了車禍現場。」

金澤把石田在半夜零點之前，打電話給朋友的事告訴了她，她驚訝地張大了嘴，然後說：

「這也是說謊。因為車禍是在零點之後發生的。我想起了這件事，所以覺得應該告訴你們。」

「妳為什麼可以斷言是在零點之後？」陣內問。

「我上次不是說，當時在車上聽廣播嗎？車禍是在半夜零點報時之後發生的，我正在聽Yuming的歌，突然感受到猛烈的撞擊……」

「Yuming？」

陣內大吃一驚，然後向金澤使了眼色，他們走出去。

「她說的是真的，」陣內說，「主任，你應該記得，那天晚上在報完時間後，的確播放了Yuming，松任谷由實的歌曲。」

「但她可能是在車禍之後聽到的，但誤以為是車禍之前聽到。」

「不，她坐的那輛車前半部分都壓扁了，收音機撞壞了。」

金澤摸著下巴後，豎起食指。

「也就是說，如果車禍是在零點之前發生，她就不可能聽到這個叫Muming——」

「是Yuming。」

「這不重要，總之，她就不可能聽到那首歌。」

「我們再問清楚一點。」

兩個人又回到奈穗那裡。

「妳記得Yuming唱的是什麼歌嗎？」

陣內問，她理所當然地點點頭，然後哼起了〈反覆吶喊〉這首歌。就是從「為何為何」開始的優美歌詞，奈穗的聲音帶有透明感，很悅耳。

「最後的春日看到的夕陽映照著卷積雲——」

她唱到這裡，停了下來，然後說：

「車禍就是在唱到『映照著卷積雲』的時候發生的。」

「啊？」陣內不禁看著她的臉。

「就是啊，」她說，「車禍就是在唱到『映照著卷積雲』的最後『雲』字的時候發生的，絕對不會錯。」

半夜零點零分四十八秒。

如果御廚奈穗的記憶正確，這就是車禍發生的正確時間。這是在問了電台之後得知的結果。

而且，奈穗還發揮了驚人的聽力和記憶力，提供了另一個新的證詞。在〈反覆吶喊〉一開始的「為何為何」的第一個「為」的時候，她哥哥御廚健三說「太好了，是綠燈，來得早不如來得巧」。時間是在零點零分二十六秒左右。

那個路口的號誌燈綠燈持續六十秒。如果相信奈穗的證詞，健三可以在綠燈期間輕鬆駛過路口。

「我做這個工作這麼多年，」金澤苦笑著說，「第一次以秒為單位計算時間，真是大開了眼界。我剛才向課長報告了這件事，他很有興趣。」

「是喔，沒想到那個老頑固……」陣內看向在窗邊拔鼻毛的課長那張大餅臉。

「但並不是正面的興趣，他說這種證詞無法相信，要趕快查清楚。」

「我就知道。」

陣內洩氣地拿起電話。他打電話去三興製作所，就是生產號誌燈的那家公司。

奈穗似乎認為，只要知道車禍發生的正確時間，就可以藉由調查號誌燈的紀錄，知道當時號誌燈到底是什麼顏色，但其實並不存在號誌燈紀錄這種東西。

於是，陣內想到了一個方法。假設號誌燈以秒為單位持續正確運作，只要從目前的時間倒推回去，就可以推算出號誌燈在指定的時間是什麼顏色。

問題在於號誌燈是否正確運作。為了瞭解這件事，陣內打電話給生產號誌燈的公司，御廚奈穗和她的母親一起在樓下的會客室等待結果。

技術部的一個叫酒井的男人接了電話。雖然聲音聽起來很年輕，但說話很有禮貌。陣內用你敬我一分，我敬你三分的態度說明打電話的目的。

「不行，沒辦法。」

酒井的回答很乾脆。

「沒辦法……所以你的意思是說，其實號誌燈的時間並沒有很正確嗎？」

「不，號誌燈的計時器很正確，那個路口使用的是S形程式交通號誌控制器，即使使用一整年，誤差也不會超過幾秒鐘。」

「那……」

「但這是指正常運作的情況。我相信你也知道，不同時段的號誌燈持續時間不一樣。尖峰時段、深夜時段和白天全都不一樣，每次都需要切換計時器，不瞞你說，在切換的時候容易產生時間的誤差。」

「會產生多少誤差？」

「嗯，最多七秒左右。」

「七秒……」

陣內感到很沮喪。車禍發生至今已經過了相當長的時間，當然已經切換過很多次。

「如果在計時器切換之前，就可以用你說的方法推算回去，這一點我可以保證。」

陣內道謝後掛上電話。即使掛這種保證，也無濟於事。

他向金澤報告了詢問的結果。金澤原本似乎抱有很大的期待，所以看起來很失望。但接下來才是最痛苦的一關。陣內走去一樓的會客室，向奈穗說明了這件事。她原本似乎相信可以證明哥哥的正當性，所以聽陣內說完後，雙手捂著臉哭了起來。她的母親撫摸著她的背，但她仍然沒有停止哭泣。其他人都驚訝地看著他們。

陣內不知道如何是好，在一旁手足無措。這時，有人用力拍著他的肩膀問：「這是怎麼回事？」

原來是他認識的社會新聞記者。

7

加瀨紀夫目不轉睛地看著刊登在社會版角落的那篇報導，報導中提到了幾天前發生的那場車禍。

報導中還刊載在車禍中喪生男子的妹妹。她雖然雙目失明，但聽力驚人。因為她出色的聽力，讓警方以秒為單位確認了車禍發生的時間。她同時主張，她哥哥是看到綠燈才駛入路口，但目前並沒有任何方法可以證明。

紀夫看到報紙上刊登的少女照片，覺得她很可愛，很希望可以助她一臂之力。

——可惜我拍到的是車禍發生後的情況，並不是車禍的瞬間。

但紀夫還是走進自己的房間，播放那天拍的錄影帶。他還沒有剪輯。

「果然不行，即使拍再多車禍發生後的情況也沒用。」

紀夫看著螢幕自言自語。雖然拍到了號誌燈，但那已經是車禍發生了好幾分鐘後的事。

他心灰意冷地想要按停止鍵時，發現背景有些許的變化，他立刻停下了手。因為鏡頭拍到了後方的時鐘。那是銀行前的電子時鐘，顯示了『0：13』的數字。在這個時間點，前方的號誌燈是綠燈。

「雖然很有意思，但這應該無法證明任何事。如果是有秒數的時鐘，也許可以派上用場。咦？」

正當他這麼嘀咕時，那個時鐘上的數字變成了『0：14』。前方的號誌燈仍然是綠燈。

——這會不會有特別的意義？時鐘變化的瞬間是零點十四分零秒，只要知道這個瞬間是綠燈，會不會有什麼幫助？

紀夫盤腿而坐，思考著這個問題。他漸漸覺得自己搞不好掌握了天大的證據，心臟不由得加速跳動。

——綠燈也有許多不同的情況。像是剛由紅轉綠，或是即將轉紅的綠燈……

他理不出頭緒，拍了一下腦袋。

就在這時，螢幕上又出現了變化。他茫然地看著螢幕，突然回過神，把錄影帶倒了回去，重看剛才那一幕。

「啊！」

他站起來大叫：「媽，電話給我！」

8

「我聽不懂，你再從頭說一次。」

留著小鬍子的課長傲慢地靠在椅子上說。因為報紙報導了御廚奈穗的事，所以他似乎也開始關心這起車禍。

「首先是號誌燈的間隔。」

「這我知道，五十六、六十和四，對不對？」

「沒錯。」

陣內點著頭。課長剛才說的數字，就是那個號誌燈的持續時間。紅燈持續五十六秒，綠燈持續六十秒，黃燈持續四秒。這是花屋大道上的號誌燈，和花屋大道交叉那條路的號誌燈當然就剛好相反。但紅燈的時間中，包括了雙方都是紅燈的四秒鐘。

「也就是說，每個週期是一百二十秒，剛好兩分鐘，所以每兩分鐘就會恢復相同的狀態。」

「嗯，這我知道。」

「接著就是這盒錄影帶。」

陣內播放了向加瀨紀夫借來的錄影帶。畫面中拍到了銀行的時鐘，當顯示的時間從『0：13』跳到『0：14』時，陣內按了暫停。

「如課長所見，在這個瞬間，號誌燈是綠燈。」

「嗯，零點十四秒整是綠燈。」

「對，但我問了銀行，發現這個時鐘顯示的並不是標準時間，而是慢了四十一秒，所以時鐘上變成零點十四分的瞬間，其實是零點十四分四十一秒。」

課長敲了兩次太陽穴後問：「所以呢？」

「我再繼續播放。」

陣內看著自己的手錶，畫面又動了起來，但才播放幾秒鐘，他又按了暫停。課長露出訝異的表情，似乎在問：「怎麼回事？」

「現在離剛才已經過了七秒鐘，所以是零點十四分四十八秒，如課長所見，號誌燈一直是綠燈。」

「似乎是這樣。」

「然後我們再回到剛才號誌燈週期的問題。因為每隔兩分鐘，就會恢復相同的狀態，所以代表在兩分鐘前的零點十二分四十八秒的時間點，號誌燈也是綠燈。以相同的方法往前推，御廚奈穗證實車禍發生的零點零分四十八秒時，這個號誌燈也是綠燈。」

陣內一口氣說完後，觀察著課長的反應。課長低吟一聲，抱起雙臂，然後閉上眼睛思考。不一會兒，緩緩睜開了眼睛，搖了搖頭。

「我知道你說的意思了，我同意你說零點零分四十八秒的瞬間，那個號誌燈是綠燈的邏輯，問題在於車禍到底是不是在那個時間點發生的。雖然據說視障的人耳朵很敏感，但仍可能發生記憶錯誤。更何況在聽歌的中途發生狀況時，竟然可以清楚記得歌手唱到哪個部分，這種事難以用常識理解。」

「那名少女是例外。」

「這句話有什麼根據？」

「只要看這個就知道了。」

陣內說完，再次按下錄影帶的播放鍵，是緊接著剛才那一幕的內容。畫面上出現號誌燈和電子時鐘。

「這是什麼？有什麼問題嗎？」

「馬上就知道了。」

陣內指著號誌燈。就在這個剎那，號誌燈從綠色變成黃色。

「喔！」當課長發出叫聲時，畫面就改變了。

「在錄影帶結束之後，號誌燈變了。」課長說。

「沒錯，根據這個時間推算，當時是零點十五分二十五秒。因為綠燈持續六十秒，所以在零點十四分二十五秒時，從紅燈轉成綠燈。這個現象每隔兩分鐘就會出現一次，所以零點零分二十五秒時，也是由紅燈變成綠燈。」

「零點零分……所以呢？」

「請課長回想一下御廚奈穗說的話。她曾經說，在車禍發生之前，御廚健三曾經說『太好了，是綠燈』。根據她的證詞，我們計算出當時的時間是零點零分二十六秒左右。」

陣內看到課長的臉頰抽搐一下。

「即使這樣，還要懷疑她奇蹟般的能力嗎？」

陣內語畢，不再說話。

「課長。」金澤也在一旁開口。

課長抬起頭，緩緩地開口。

「在下定論之前，我有一個提議。」

陣內認為這個實驗恐怕是警察史上的第一次。分局局長、各部門課長級以上的人都聚集在會議室內，御廚奈穗獨自坐在講台上。陪她一起前來的母親坐在最後方的座位上，一臉擔心地看著實驗進行。

「妳還好嗎？」

陣內站在奈穗旁，小聲地問她。

「雖然有點緊張，但沒有問題。」她回答說。

「我想可以開始了。」

聽到金澤宣布，會議室內安靜下來。他同時向在會議室角落待命的女警示意。女警前方有一台錄音機。

一片寂靜中，響起了音樂聲。那是松任谷由實的〈Anniversary〉。奈穗希望用這首歌曲來做實驗。

為什麼之前都沒有發現？
尋找千百度的愛就在這裡。

不瞭解狀況的人看到這一幕，一定會覺得眼前的景象很異樣。這些中年男人全都聚精會神，聽著青少年心目中的偶像松任谷由實的歌，他們恐怕連這位歌手的暱稱叫「Yuming」這件事都不知道。

歌曲開始後不久，女警開始說一些奇怪的字眼。

「文字處理機……香水……戈巴契夫……香菸……」

女警不規則地朗讀著這些毫無脈絡可尋的文字，這些文字之間沒有任何規律性，當初應該也只是隨機挑選出一些高中女生應該知道的字眼。

歌曲繼續播放。女警繼續朗讀沒有感情的文字。分局局長咳了一下。

歌曲結束。陣內看向奈穗，她的表情和開始實驗前沒有任何變化。

「接下來請各位看這個。」

女警在金澤的指示下，拿出一張很大的表格。上面抄寫了她剛才朗讀的名詞。

「接下來開始提問，請隨便說出其中一個名詞。」

金澤的話音剛落，後方響起一個聲音叫著「戈巴契夫」。說話的是警備課課長。金澤問奈穗：「妳知道嗎？」

陣內覺得她想了很久。所有人的視線都集中在她身上，在緊張的氣氛下，幾乎讓人不敢呼吸。

奈穗輕輕吸一口氣，然後開口：

「是在『牽著手的兩個人身上』的『手』的時候唸的。」

她回答的語氣很明確，所有人的視線都移到女警身上。她確認手上的便條後說：

「沒錯，完全正確。」

會議室內響起一陣驚叫聲。

接下來繼續有人發問。「計算機」——「是在『抬頭凝望雙眼』的『頭』的時候。」「嬰兒」——「是在『相信明天』的『信』的時候。」她完美地回答每一個問題。由此可以證明，她可以對聽歌時發生的事，記住當時對應的歌詞。

在十個問題都結束時，所有人都安靜下來。這些現實主義者也不得不承認她具有驚人的能力。

「這樣可以了嗎？」

金澤沒有說話，陣內忍不住問。會議室內安靜片刻，沒有人回答。過了一會兒，局長舉起手。

「妳記得我在中途咳嗽嗎？」

陣內緊張地看著奈穗。她沒有說話。

「怎麼了？如果無法記住突發的事，應該就無法稱為完美吧？」

分局局長露出溫厚的笑容，但用銳利的眼神看著她。陣內覺得好像自己受到責備，不禁低下頭。

沒想到她開口了。

「是在『平淡無奇的早晨也是我的紀念日』的『紀』的時候。」

陣內抬起頭，看到局長的嘴角在顫抖。局長緩緩走上前，輕輕握住了她的手。

「我也很喜歡這首歌。」他說，「太厲害了，了不起，妳的耳朵簡直就是奇蹟。」

奈穗終於露齒而笑。陣內覺得那是天使的笑容。

9

在完成驚人實驗的兩天後，友野和雄承認是自己駕駛疏失。原本只是請他主動到案說明，但作偽證的石田和同車的畑山瑠美子都已經翻供，友野無法繼續抵賴。石田是和友野一起打麻將的牌友，輸給友野不少錢，於是以賭債一筆勾銷為條件，答應替他作偽證。

友野說，那天晚上，他打算送瑠美子回家，但她在路上發脾氣，吵著說要下車。她當時準備從正在行駛的車上跳下去，友野拉著她的手臂，不讓她下車。沒想到她在車上胡鬧，友野的注意力都在她身上，結果就闖了紅燈。

「我遠遠就看到紅燈，但覺得差不多該變綠燈了，所以沒有留神……」

友野無力地說。

「但都是她的錯，她妨礙我開車。」

他沒忘記怪到瑠美子身上。

一個星期後，陣內為了其他事經過那個路口，看到畑山瑠美子蹲在號誌燈旁，手上拿著白色的花。

「好漂亮。」

陣內向她打招呼，她驚訝地轉過頭，然後露出尷尬的表情說：

「被你看到這麼尷尬的一幕。」

「不用感到尷尬。仔細想一想，妳其實也是被害人之一。」

瑠美子搖頭苦笑說：

「我說謊袒護友野，根本是共犯。」

「謊言終究會被拆穿。」

「好像是這樣。」她重重地吐了一口氣後說，「那個女生太厲害了。」

「嗯，她真的很厲害。」

「哪像我，明明眼睛沒問題，卻什麼都不記得了，真是沒出息。」

瑠美子說完，露出凝望遠方的眼神，她看到銀行前的時鐘。

「雖然我不知道詳情，但聽說這個時鐘成為關鍵。」

「是啊。」

「聽說是零點零分四十八秒？如果是這樣，我的記憶力似乎也不差。」

她摸了摸鼻翼說：「車子撞到之後，我抬起頭，不知道為什麼，最先看到了那個時鐘。原本是零點零零分，有三個零，但在我看到的瞬間，變成了零點零一分，所以如果車禍是在零點零分四十八秒發生，時間上大致符合。因為車子撞到之後，我差不多隔了十秒才抬起頭。」

陣內愣了一下。這個女人在說什麼？

「算了，這種事現在已經無所謂了。」

瑠美子語帶自嘲地說，她注意到陣內露出納悶的表情。「你怎麼了？臉色好差。」

「不，沒事。」他說，「那我就先去忙了。」

「嗯，再見。」

瑠美子說完，舉手示意，頭也不回地離開了。

目送她的身影離去後，陣內再度看向銀行的電子鐘。許多數字在他腦海中打轉。

——在車禍發生後看向時鐘時，剛好從零點整變成零點零一分？怎麼會有這種事？

陣內認為不可能。因為這個時鐘慢了四十一秒，所以當時鐘變成零點零一分時，真正的時間是零點零一分四十一秒。根據她剛才說的內容，車禍發生在十秒鐘前，也就是零點零一分三十秒左右，和奈穗的證詞相差超過四十秒。

——如果這才是車禍的正確時間，當時的號誌燈到底是什麼狀況？

他在腦海中迅速計算起來，然後「啊！」了一聲。

在零點零一分二十五秒前是綠燈，但到二十九秒期間是黃燈，然後從二十九秒到三十三秒時，雙方都是紅燈。

——御廚健三和友野和雄都闖紅燈？

這麼一想，就可以合理解釋一些問題。友野和雄曾經供稱「覺得差不多該變綠燈了」。

陣內努力甩開這種想法。果真如此的話，御廚奈穗不可能有那麼無懈可擊的證詞。因為如果沒有加瀨紀夫的錄影帶，沒有人知道零點零分二十五秒時，號誌燈從紅燈變成綠燈。

他準備離開。因為繼續留在這裡會胡思亂想。

但是，他邁開的腳步很快停下。因為他看到了電話亭。車禍發生的那天晚上，奈穗曾經打電話。

——她是不是打電話聽報時？

號誌燈通常沒有聲音，只有行人專用的號誌燈會發出聲音，會發出『通行歌』的旋律，讓視障人士也能夠聽到。她是不是左耳聽著『通行歌』，右耳聽報時，事先記住了『通行歌』開始的正確時間？

日後再去調查號誌燈，目的應該就是為了測定號誌燈的間隔。

——原來那天晚上……

陣內想起了守靈夜那一天。奈穗和妹妹兩個人站在這裡，那並不是她帶妹妹來看哥哥發生車禍的現場，而是來測定號誌燈的間隔。陣內的眼前浮現友紀手上的電子錶，那個電子錶應該發揮了馬表的功能。

只要知道『通行歌』開始的正確時間，和號誌燈變化不同顏色的間隔，就可以知道零點零分二十五秒會從紅燈變成綠燈。然後，她再運用自己的特殊能力，設定車禍發生的時間就好。車禍發生的真正時間，應該是〈反覆吶喊〉歌詞的更後面。

陣內搖搖頭。他覺得不可能有這種事。她那對奇蹟般的耳朵應該是運用在說明真相上，而不是玩弄警察。

陣內想起了奈穗當時的笑容。

他感到背脊一陣發涼。可能是感冒了吧。

分隔島

1

這條路叫白石街道。

東西向的白石街道幾乎貫穿A市的正中央，往東可以去B市，往西可以進入鄰縣。對附近的居民，尤其是因為工作或做生意而需要開車的人來說，白石街道是主要的道路，所以每天早晨和傍晚車流量很多，往A市中心的路口附近經常塞車。

雙向四車道的白石街道路況很好。中央分隔島種了杜鵑花，每隔幾公尺就有一盞路燈。雖然有很多號誌燈，但在夜晚期間，這些號誌燈會連動，只要遵守速限，就可以一路順暢。

十月二十日晚上十一點多。

有一輛白色豐田Chaser在白石街道上往西行駛。駕駛人是縣內一家建設公司的股長，他住在鄰縣比較偏僻的城鎮，因為經常加班，趕不上末班電車，所以每天都開車通勤。這天晚上，他下班回家的時間已經比平時早了些。

沿途沒什麼車。每天到了這個時間，車流量就一下子減少。他目前行駛在右側的車道，除了數十公尺前方有一輛大卡車以外，看不到其他車子。後方沒有車子。一直下的雨似乎也在剛才停了。

他和前方的大卡車保持距離行駛了很長一段路。他對印在大卡車車斗上的『直線球貨運』並不陌生，因為他的公司也會委託這家貨運公司搬運建築材料。

平時遇到這種情況，他早就超越那輛大卡車了，但今晚他太累了，所以懶得超車。他只希望腦袋放空，遠遠看著『直線球貨運』幾個字輕鬆開車。而且前方那輛大卡車的車速沒有特別慢，這裡的速限是五十公里，那輛大卡車維持五十五到六十公里的速度。這一路上的號誌燈都連動，即使開快車，也會遇到紅燈，不得不停車。

而且還有另一個原因導致他不想超車。因為必須駛到左側的車道，才能超越行駛在右側車道的大卡車，但左側車道停了不少車子，所以沒辦法順暢行駛。

——沒關係，今天就慢慢開回家。

他打了一個呵欠，重新握住方向盤。

卡車的煞車燈亮起來。前方是紅燈。他猶豫一下，最後在卡車後方停下。

他在等紅燈時，打量著周圍的風景。道路左側靠近路口的地方有一家家庭餐廳，餐廳燈火通明，但沒有很多客人。除了那家餐廳以外，幾乎所有的建築物窗戶都一片漆黑。他看向號誌燈後方，發現右側有一家二十四小時營業的便利商店。

號誌燈變成綠燈。卡車駛了出去。他在下一刻也踩了Chaser的油門。

雖然前方不遠處就有號誌燈，但因為卡車擋在前面，所以他不知道是紅燈還是綠燈，只不過既然卡車猛踩油門，可能有點趕不上那個綠燈。

時速表的指針超過了五十。他繼續踩油門。

就在這時——

前方的卡車突然緊急煞車，他也不加思索地用右腳用力踩煞車，但車子制動緩慢，輪胎繼續滑行。

——慘了。

當他閃過這個念頭時，眼前發生了難以置信的事。

卡車在煞車的同時，急速將方向盤打向右側，所以輪胎在雨後濕滑的路面打滑。卡車發出巨大的聲音衝向中央分隔島，但仍然沒有停下來，前半部分衝過中央分隔島，然後重心不穩，倒了下來。

這時，對向車道有一輛車駛來。

那輛車踩了煞車試圖停下來，輪胎發出刺耳的聲音，但因為受到路面的影響，車身轉了九十度，後方用力撞上卡車的駕駛座。

坐在Chaser上的男人茫然地看著眼前這一切。這是他第一次這麼近距離親眼看到車禍。眼前的情景實在太震撼，他整個人都嚇傻了。

但他實際嚇傻的時間也許並沒有太久，因為他接著清楚看到了原本停在左側車道上的車子開走了。

2

接到外勤通報系統的聯絡時，世良一之就已經準備好出動。因為他們剛才已經聽到了縣警總部的無線電通話內容。

「真衰啊，好不容易點了幕之內便當，結果就遇到這種事。」

主任福澤巡查部長在走廊上小跑時說。世良在工作時都和福澤一組，今晚還有另一組員警值班，但已經出去處理另一起車禍。

他們坐上警車後，立刻打開了車頂的紅色燈。不過通常不會鳴警笛。

「卡車衝上分隔島翻覆嗎？恐怕凶多吉少。」

警車開出去不久，福澤就用無線電聯絡了已經抵達現場的外勤警車。救護車剛才已經到了，目前正設法救出卡車司機。從對向車道駛來的小客車駕駛右手臂和腰部受了輕傷，目前打算一起送往醫院——福澤聽了之後，回答說「收到」。

「白石街道嗎？事故現場那一帶的車流量並不大，可能是車速太快了。」

世良說。

「應該是，路況太好反而容易出問題，而且今晚因為下雨，道路又濕又滑。」

他們很快抵達車禍現場。狀況一如之前在警用無線電中所聽到的，的確慘不忍睹。因為卡車衝上分隔島，所以兩側都只剩下左側一線車道可以通行。

開著外勤警車趕到現場的兩名員警正在指揮交通，除此以外，當地派出所派了兩名員警前來支援。世良和福澤向他們打招呼後，走向發生車禍的卡車。

「真嚴重啊。」

卡車向右側倒在地上，從對向車道駛來的日產豪華房車Cima的後方撞到擋風玻璃，玻璃碎了一地，座椅變形，鮮血四濺。

「恐怕沒救了。」福澤走到世良身旁，探頭看著卡車的駕駛座說：「找一下可以確認身分的東西。」

世良撥開玻璃，把手電筒伸進已經變形的車窗內照亮駕駛座，看到地上有一個黑色手提包。打開一看，裡面有駕照、皮夾、面紙和兩包菸。駕照上的資料顯示，司機名叫向井恆夫，住在本縣內，根據生日推算，他今年三十三歲。

——和我的年紀差不多，真是太可憐了。

世良在內心合掌為他祈福，然後把這些東西放回手提包。

之後，世良走去附近的公用電話，打電話到「直線球貨運公司」。公司的人已經知道車禍的事。應該是救護人員通知了公司，因為醫院不知道病人的身分會很傷腦筋。

通常發生車禍的車子都由當事人自行處理，世良請「直線球貨運公司」的窗口用拖吊車將發生車禍的卡車移走，同時又問了向井恆夫住家的電話後，才掛上電話。

接著，他又打電話去向井家。電話鈴聲響了，但沒有人接電話。家屬可能已經趕去醫院了。

剛才已經向派出所的員警打聽到那輛Cima駕駛人的身分。那名男子姓望月。世良打電話去望月家，可能還沒有人打電話通知家屬，望月的太太完全不知情，因為太驚訝了，回答的聲音結結巴巴。即使向她說明，她先生只受了輕傷，她似乎仍然無法放心。

世良也請望月的太太設法把發生車禍的車子移走，她回答說，會委託JAF去拖吊。

世良打完電話後，回到現場。

勘驗車禍現場時，必須測量發生車禍的車輛位置，採集輪胎摩擦痕跡、輪胎滑行痕跡和輪胎拖痕，但目前是深夜，而且路面濕滑，幾乎無法採集輪胎滑行痕跡等跡證，所以要等明天清晨再調查。

接下來就要尋找目擊證人。

世良首先去了車禍現場旁的便利商店。因為周圍只有那家店亮著燈。

然而，身穿藍色制服的店員說，聽到巨大的聲響後，他走到店外察看，並沒有看到發生車禍的瞬間。而且車禍發生時，店裡有幾名客人，但都沒有目擊者。

世良走出便利商店，向福澤報告情況時，從派出所來支援的一名和世良年紀相仿的員警拿出一份名單說：

「我們趕到時，請當時在附近的人留下電話。」

名單上有五個人的名字，福澤看了之後，指著一個男人的名字問：

「為什麼這個人的名字上有一個米字符號？」

「他的車子剛好跟在卡車後面，他是上班族，似乎看到了車禍的經過，是他撥打了一一九和一一〇。」

「原來是這樣。」福澤點點頭。

太好了。世良內心鬆一口氣。調查車禍原因最讓人頭痛，如果當事人死了，事情就更棘手。不過如果有目擊證人，只要根據目擊證人的證詞寫報告就能交差。

「你明天早上和這個人聯絡。」

福澤向世良發出指示時，顯得安心不少。

確認肇事車輛的拖吊事宜後，世良和福澤前往醫院。從對向車道駛來的那輛Cima的駕駛人已經結束治療，只有手腕包著繃帶而已。

「我嚇了一大跳，那輛卡車突然出現在眼前。」

姓望月的中年男子不僅聲音很大，眼睛也瞪得很大。他的職業是包租公，今天晚上去鄰縣的朋友家，回家的路上發生車禍。

世良問了車禍前的情況，那個姓望月的駕駛似乎並沒有太大的問題。雖然可能稍微超速，但不需要追究超速的責任。

「你有沒有發現對向車道有什麼狀況？」

福澤問，望月立刻搖搖頭。

「完全沒有發現，因為我開車時看著前方，不可能看其他地方，正因為這樣，所以只受這點輕傷而已。警察先生，我應該完全沒有責任吧？如果說我是未注意前方狀況就未免太沒道理了。」

望月露出求助的眼神，不停地說著「真是太衰了」。

請望月離開後，世良和福澤決定去見卡車司機的家屬。司機目前正在接受手術，他的妻子正在等候。

司機的妻子坐在手術室前的長椅上。福澤走過去向她打招呼，她鞠了一躬。世良看到她，不禁大吃一驚。她也發現了世良。

「你們認識嗎？」

福澤從他們的態度看出端倪。

「我們是高中同學，我記得妳姓菅沼……對不對？」

她點點頭，小聲回答「是」。她的眼睛又紅又腫，但一雙大眼睛和長長的睫毛和以前一樣。

「原來是這樣，」福澤想了一下後說，「世良，那就請你問一下情況，我打個電話回分局。」

福澤輕輕拍拍世良的肩膀，沿著走廊離去。他應該是刻意讓他們可以聊一聊。

「真是太不幸了。」

福澤走遠後，世良說道。她垂下頭。

「他從來不會亂開車，多年來，從來沒有出過車禍……」

她用手掌遮住臉，折起的手帕放在腿上。世良看到手帕已經濕透了，不知道該對她說什麼。

「不過幸好遇到認識的人，沒想到這麼巧。」

她仍然掩著臉說道。

「世良，原來你當了警察。」

「我從小到大，唯一的優點就是體力還不錯。」

世良在她身旁坐下，注視著她的側臉。她和自己同年，所以今年三十多歲了，但她臉頰的肌膚和以前一樣白皙細嫩。

菅沼彩子——

雖然剛才假裝不太記得她的名字，但其實記得一清二楚。彩子——在為考大學複習功課時，曾經把她名字的羅馬拼音AYAKO寫在筆記本的角落，但直到最後都無法向她表白，然後就在畢業時分道揚鑣了。

雖然有很多話想對她說，但現在只能問她關於她所愛的男人相關的情況。

「妳先生從什麼時候開始在『直線球貨運』工作？」

彩子停頓了一下後回答：「應該有十年左右了吧，我記得他在認識我之前，就已經在那裡上班了。」

世良很想問他們在哪裡認識，但這件事和車禍完全沒有關係。

「妳剛才說，他之前從來沒有發生過車禍？」

「從來沒有發生過車禍，也沒有違反交通規則，公司還曾表揚過他，而且同事都笑他說，向井開車太守規矩了。」

然後，她擠出一句「簡直難以相信」。

「最近的工作情況怎麼樣？會不會很忙？」

「最近有點忙，他說因為公司的生意不錯……」

彩子說到這裡，似乎察覺了世良問這個問題的目的。她抬起哭腫的臉，瞪著世良說：

「但並不至於忙到無法休息。他在這方面很注意，絕對不會讓自己太勞累。」

世良默默點頭。

這時，「手術中」的燈關了。彩子起身，世良不加思索地站了起來。

白色的門打開，醫生走了出來。他轉頭看著彩子的方向，用沒有感情的聲音說：
「很不幸……」
她瞪大眼，愣在那裡一兩秒，隨即雙腿一軟，癱在地上放聲大哭起來。

3

隔天一早，世良和福澤再度前往現場，繼續昨晚無法進行的勘驗工作。即使下雨，輪胎的滑行痕跡也可以保留到隔天。

「看起來是在這個位置踩了急煞車，然後把方向盤往右切，結果輪胎打滑，衝撞上分隔島。」

福澤勘驗了離卡車倒地位置十幾公尺的地方後，表達自己的見解。站在他旁邊的世良手上拿著黑白全自動相機拍照。

「是不是想要閃避什麼東西？」

「也許吧，總之，只要向目擊證人瞭解情況，應該就可以搞清楚是怎麼回事。」

在這個時間點，他們都還很樂觀。

回到分局之後，世良打電話給車禍發生時，剛好跟在卡車後方的男子。名叫太田吉男的目擊男子在本縣的一家建設公司上班。太田接到電話後，就迫不及待地滔滔不絕起來，好像一直在等世良的電話。

「我從昨天開始就一直很關心這件事，但因為我今天一早就要上班，所以昨天就先離開了。你已經向其他目擊者瞭解了情況嗎？」

「不，你是第一個。」

「是嗎？我覺得應該只有我清楚看到當時的情況。」

太田說了這句開場白，好像感到很得意，然後鉅細靡遺地說明了車禍當時的情況。他在車禍發生的前一刻行駛在肇事卡車後方，卡車在過了綠燈之後開始加速，然後突然踩了急煞車。

「所以你並不知道前方的卡車為什麼突然踩煞車嗎？」世良問。

「是啊，」太田提高音量，「在車禍發生之前，卡車擋住我前方的視線，所以無法看清楚前面的狀況，車禍發生時，我的注意力都被車禍吸引，所以並不記得詳細的情況，但我覺得應該是原本停在左側路邊的車子突然切出來造成的。」

「啊？」世良不禁驚叫起來，「真的嗎？可不可以請你說得詳細一點？」

「我只知道這些，所以沒辦法再說得更詳細了。我記得當時那條路的左側停了三輛車子，在車禍發生後，我看向左側，發現三輛車子中的中間那一輛車頭向右撇出來。我正感到好奇，就發現那輛車子快速開走了。」

世良他們趕到現場時，完全沒看到左側車道上有停任何車子。八成是車主得知發生車禍後，擔心遭到池魚之殃，所以紛紛把車子開走了。世良想起馬路對面有一家二十四小時營業的便利商店，也許是便利商店客人的車子。

「那輛車子有沒有打方向燈？」

「不，沒有打方向燈。」太田斷言道，「絕對沒有，所以我猜想卡車司機也嚇了一跳。」

「卡車在急煞車之前有沒有按喇叭？」

「有，但可能太突然了，所以按喇叭的時間很短。」

太田相當冷靜地分析道。雖然和眼睛看到的事物相比，耳朵聽到的記憶通常比較模糊，所以世良覺得他很厲害。

「你記得在車禍發生後離開的那輛車子的外形嗎？」

「記得，因為我對車子很熟悉，那是一輛黑色奧迪，絕對不會錯。」

「黑色奧迪……你有沒有看到車牌？」

「不，這就沒看到了。」

「是嗎？」

太田提供的這些線索，已經是相當大的收穫。

世良掛上電話後，和福澤討論了這件事。福澤聽到有車輛妨礙其他車輛通行，眼神凝重。

「無論如何，都要找到那輛奧迪。再去問一下其他目擊證人。」

他們用兩台電話分別打給昨天拿到的那份目擊者名單，主要詢問當時目擊的情況，以及在車禍前後，是否曾經看到那輛奧迪。

但是，名單上的人都是在車禍發生後才聚集到現場的，既不是像太田一樣目擊車禍的現況，也不是在事故發生當時就已經在現場，所以沒有人看到那輛奧迪。

「沒轍了。」

福澤看著手錶，皺起眉頭。正午十二點，他們兩個人值班時間到了。

「我去向上面報告，但是根據目前的情況，恐怕很難找到那輛奧迪，而且沒有證據。」

「我今天晚上會再去那家便利商店看看，我猜想奧迪的車主當時應該在便利商店內。」

福澤可能對世良充滿熱忱的語氣感到有點意外，露出驚訝的表情。

格林公寓位在像棋盤般井然有序的住宅區內，是一棟用預鑄工法建造的兩層樓房屋。外牆旁的樓梯扶手已經鏽跡斑斑，彷彿在訴說房子年代久遠。

向井夫婦住在這棟房子的二〇一室。

世良站在門前，按了玄關的門鈴。不一會兒，屋內傳來沙啞的聲音。「我是××分局交通課的世良。」他大聲說道，因為隔牆有耳，不知道哪個房間的住戶正豎起耳朵。

門打開了，昨晚剛見過的她出現在眼前。她仍然雙眼充血，臉色蒼白。

「目前已經知道車禍原因了，所以來通知妳。」

彩子聽了世良的話，瞪大眼睛，然後把門打開一些，請他進屋。

「進來說吧。」

向井夫婦住在兩房一廳的房子，如果兩個人住，應該不算太小。一走進門就是廚房，餐桌上放著倒扣的飯碗，烤魚裝在盤子裡。這應該是她丈夫昨晚的晚餐。

世良來到一間兩坪多大的和室，除了電視和錄影機外，還有一個小櫃子。

「我想妳可能要忙著準備守靈夜之類的事。」

世良看著正在為他倒茶的彩子說。

「守靈夜會在他父母家辦，剛才他們已經去領了遺體，我也差不多該出門了，只是什麼都不想做。」

「我能瞭解。」世良說，「妳先生的老家在哪裡？」

「在群馬，很冷的地方。」

她把茶杯放在世良面前，世良看著茶杯冒出的熱氣問：

「妳什麼時候結婚的？」

「差不多……五年前，」她回答說，「我曾經在『直線球貨運』打工過一陣子，就是在那個時候認識他。」

「原來是這樣，」世良點頭問，「妳是在大學的時候去那裡打工嗎？」

她微微撇著嘴角說：

「不是，我怎麼可能去讀大學。世良，你應該知道我那時候的情況。」

「也不是很清楚……」

世良再次假裝忘記，但其實記得很清楚。彩子當時雖然並不是所謂的不良學生，但並不是會無條件聽從學校指示的人。從某種意義上來說，可能是老師覺得很棘手的學生。而且之後發生了一件事，讓她徹底討厭學校這個地方。那就是『壽司事件』。

世良他們的學校除了暑假以外，嚴格禁止學生打工，但因為彩子家境不好，她想要幫助家計，所以都會在放學後偷偷打工。她騎著腳踏車，為附近的一家壽司店送外賣。

但是，有同學看到她在送外賣。那個男生平時就經常招惹她，於是就埋伏在壽司店門口，等她出來，然後對她說，如果不希望他去向學校告狀，說她偷偷打工，就要和他交往。但她不理會那個男生，準備去送外賣。那個男生惱羞成怒，一腳踹向她的腳踏車。她跌倒在地，腿也受了傷，休息了整整兩個星期。而且她準備送貨的壽司都打翻在地上，最後還是彩子自掏腰包賠給店家。

學校方面不知道透過什麼途徑得知了這件事。學生指導室的老師把他們兩個人找去，瞭解當時的情況。那個男生主張說：「她破壞學校的校規，我糾正她，結果她準備逃走。我想攔住她，結果不小心把腳踏車推倒了。」她當然反駁，哭著向老師說明事實真相，那個男生把頭轉到一旁偷笑。

不久之後，學校方面就決定了如何處分他們兩個人。那個男生完全沒有遭到任何處分，但她必須停課三天。學校的老師找他們去，只是想確認她有沒有破壞校規。

那次之後，她就很少來學校。世良遠遠望著她，為自己無法幫上任何忙感到生氣。

「高中畢業後，我去讀專科學校，但最後找不到工作，只能打工養活自己。說得好聽點，就是所謂的自由業。」

「然後就在那裡認識了妳老公嗎？」

「沒錯。他是一個很笨拙的人……」

彩子說到這裡，語尾有點顫抖。兩滴淚水滴落在她緊握著裙角的手上。

世良不知道該說什麼，只能沉默以對。不一會兒，她抬起頭說：

「對不起，現在不是聊這種事的時候，我應該聽你說。你不是說，已經知道車禍發生的原因了嗎？」

世良雖然很想繼續聽她聊自己的事，但還是在預告了「目前還無法斷定」後，把黑色奧迪的事告訴了她。彩子的丈夫可能想要閃避，結果就發生了車禍——

她直視著世良的眼睛，真摯的眼神更充滿熱忱。

「已經查到那輛奧迪的車主了嗎？」

「不，現在才要開始查，老實說，可能並不容易。」

「這樣啊，」彩子咬著嘴唇問，「如果查到車主，可以為這起車禍負起肇事責任嗎？」

「在某種程度上應該可以，」世良回答說，「聽目擊者說，奧迪並沒有打方向燈。如果這個情況屬實，當然就是妨礙通行了。」

「有這種交通規則嗎？」

「當然。」

彩子點頭，然後對世良說：

「如果查到奧迪的車主，可不可以馬上通知我？」

「我當然會通知妳。」世良回答。

「拜託了。」

彩子說完，一雙大眼怔怔看著半空。她露出了高中時從未看到過的表情，世良忍不住一驚。

4

這天晚上，世良再度前往車禍現場，但他今天的目的並不是察看遭到破壞的分隔島，而是去附近那家便利商店。

今晚也是昨天見到的那名店員當班，可能這個星期他都上夜班。世良雖然沒有穿制服，但店員還是認出了他。

世良向店員詢問昨天晚上車禍發生時店裡有哪些客人。店員說店裡有好幾名客人，世良問他，不知道有沒有他認識的客人。店員偏著頭回答說，他不記得了。

「請你努力回想一下，昨天有哪些客人？」

「即使你這麼說，我也無能為力啊。……反正我們店裡的客人和那起車禍沒有關係。」

和昨天晚上相比，店員說話有點結巴。可能上司叮嚀他，不要給客人添麻煩。他們應該也知道，客人為了來這家店，會把車子停在車禍現場附近的馬路上。

「應該有一個客人開奧迪車過來，你認識那個客人嗎？」

「不清楚欸。」

店員露出淡淡的微笑，打著收銀機，然後把明細交給客人。

世良見狀，靈機一動。

「昨天晚上車禍發生時賣了哪些商品，收銀機應該都有紀錄吧？可不可以給我看一下？」

「啊？」店員瞪大眼睛。

「沒問題吧？我也可以回去讓分局正式提出要求。」

世良強勢地說道。

「請等一下。」

店員走向後方，不知道是不是要去打電話請教主管。世良站在雜誌區，看著被卡車撞毀的分隔島。

——咦？

世良看到又有車子停在昨天發生車禍的路旁，不禁瞪大眼睛。那是一輛紅色的Sprinter Trueno。一名看起來像學生的男人跨過分隔島走過來。二十公尺外就有斑馬線，但他似乎不想繞遠路。

那個像學生的男人走進來的同時，店員也從後方回來。店員露出驚訝的表情時，那個像是學生的男人說：

「嗨！昨晚那起車禍，後來怎麼樣了？」

那個像是學生的男人姓小林，小林一再辯稱「只有昨天和今天」把車子停在路邊。

「下不為例。對了——」

世良站在小林的車子旁，問他昨天有沒有看到在他的車子前面或後面停了一輛奧迪？小林用力拍著手說：

「有啊，我就停在奧迪前面。」

「原來是這樣。聽說你昨晚聽到有車禍發生，就馬上買了東西逃走了。」

「我不是逃，只是不想造成別人的困擾……」

小林支支吾吾。

「算了。你出來的時候，那輛奧迪已經開走了嗎？」

「對，已經開走了。」

「你還記得在你離開便利商店之前，也就是車禍發生後，有誰離開便利商店嗎？」

「啊？這……」

小林連續撥了好幾次長長的瀏海後說：

「我記得好像是一個中年婦女。」

「中年婦女……怎樣的中年婦女？」

「我忘了啦，只記得是一個中年婦女。」

世良拿出一張影印紙。上面是昨天車禍前後，便利商店銷售紀錄的影本。上面有詳細的時間和金額。

「你當時買了什麼？」

世良問，小林一臉認真的表情注視片刻後，很有自信地指著說：

「就是這個，五個一百五十圓，全是泡麵。」

隔天，世良向福澤報告調查的情況，不過福澤面露難色。

「這的確是很重要的線索，但問題在於光靠這條線索，很難找到那輛奧迪，除非便利商店的店員記住了車主的長相。」

「我認為再繼續找目擊者，或許有辦法解決這個問題。」

「但之後未必會出現看到當時情況的目擊者。」

福澤抱著手臂。他說的很有道理。發生車禍時，通常很少會發生幾天之後有證人突然冒出來的情況。

「假設能夠記住車牌的一個數字，問題就簡單多了。如果連一個數字都不知道，即使發現了那輛奧迪，車主也可能辯稱自己那天根本沒去那裡。」

「是沒錯啦。」

世良想要反駁，福澤把手放在他的肩上說：

「死者的太太是你的老同學，所以我能夠理解你特別賣力，但你先寫一份關於車禍到目前為止的報告。當然，我們會繼續調查車禍的原因，你可以為目擊者製作筆錄，也可以著手調查便利商店的客人。但車禍並不會只有這一起而已，你不要忘記，隨時可能發生新的案件。」

福澤說話的語氣好像在安慰世良，世良雖然難以接受，但清楚地知道即使固執己見，也只是讓福澤為難。於是他點點頭，只是仍然難以釋懷。

車禍發生的三天後，正在分局內待命的世良接到彩子來電。彩子在電話中問他目前調查的進展。世良和她約好下班後在咖啡廳見面，然後就掛上電話。

——目前的進展嗎？

世良忍不住想，自己的工作到底有什麼意義？明明有一個人因為車禍喪生，自己卻不追查原因，這算是哪門子的交通課車禍股？

但是，他無法對福澤發洩這種不滿。那起車禍之後，的確又發生了幾起造成人員傷亡的車禍，確實不得不像老師批改考卷一樣，逐一完成這些車禍的報告。

他稍微提早來到約定的咖啡店，但彩子已經到了。世良認為這代表了她內心的期待，所以有點難過。

「我原本想去參加喪禮。」

他坐下來，點了咖啡後說道。

「沒關係，我知道你很忙，而且喪禮只是形式而已，來為他上香的人，我幾乎都不認識。」

彩子語帶不滿地說。聽她說話的語氣，可能已經從丈夫去世的打擊中走出來了。

「那輛奧迪的事有什麼進展嗎？」

彩子露出急切的眼神問道，世良不禁微微低下了頭，小聲地說：

「老實說，並沒有進展。」

她的臉上露出失望的表情。他從口袋裡拿出了向便利商店要來的銷售明細影本，然後把向店員和那輛紅色Sprinter Trueno車主打聽到的情況告訴了她。

「所以並不是完全沒有線索。」

她一臉認真的表情看著銷售明細的影本，似乎想從中找出車主的特徵。

「我問你，」她看著世良的臉問道，「即使找到了那輛奧迪，如果車主堅稱沒有妨礙其他車輛通行，那該怎麼辦？」

「現在說這些也於事無補，我們會把案件移送給檢方。」世良語氣堅定，「經常會遇到這種情況，明明已經撞到了，有些車主仍主張自己沒有撞到。既然會逃離現場，就代表車主不想承認，但絕對不會放過他們。因為我們有目擊者，也有筆錄，一定會追究車主的責任。」

聽完世良的話，彩子點點頭，看起來安心了些，原本緊繃的嘴角也慢慢放鬆。

「只不過目前不知道能不能夠找到關鍵的這輛奧迪。」世良摸著頭說。

彩子低下頭，拿起銷售明細的影本問：「這份影本可以借給我嗎？」

「借給妳當然沒有問題，不過妳要它幹嘛？」

「嗯……」

彩子說完，把影本放進皮包，然後喝完剩下的咖啡，凝望遠方，嘀咕說：

「我很愛我老公，這個人害死他，卻當作什麼事都沒發生過，我絕對饒不了。」

5

一個星期後，世良終於知道彩子借走影本的目的。他心血來潮打電話給彩子，但電話沒有人接，而且連續三天都一樣。世良非常擔心，猜想她可能會去車禍現場察看，果然在那家便利商店看到她的身影。

彩子站在雜誌區，站在那裡翻開一本針對家庭主婦發行的雜誌。但她的目光並沒有看雜誌，而是看著玻璃外的馬路。

世良走過去時，她似乎也發現了，輕輕向他揮手。

「妳太讓我吃驚了，妳一直守在這裡嗎？」世良走進便利商店，走到她身旁後問道。幸好今天不是上次那個店員，所以不知道世良是誰。

「奧迪的車主一定會來這裡。」她說，「所以我打算在這裡等。」

「我能夠瞭解妳的心情，但不知道是不是真的有用。搞不好車主住在很遠的地方，那天晚上剛好走進這家店。」

世良站在她身旁，和她一樣假裝在看雜誌一邊說道。

彩子搖搖頭。

「我看了銷售明細後確信，車主就住在這附近。」

「明細？為什麼？」

「在購買的商品中，有一項是冰塊。那個車主來便利商店買袋裝的冰塊。如果住得很遠，冰塊不是會融化嗎？既然是開奧迪車，可能她老公是公司的部長，八成是家裡突然有客人上門，在準備兌水酒時，發現家裡冰塊不夠，所以慌忙來買冰塊。」

原來是這樣。世良不禁感到佩服。女人的觀察角度果然不一樣。世良看了好幾次明細，完全沒有想到這種事。

「而且，我猜想，」她又繼續說了下去，「這個女客人應該經常購買《*Cook Robin*》，所以也許該鎖定下週五……」

「酷客羅賓？那是什麼？」

「就是這個啊。」

彩子手上拿著一本封面是一個滿面笑容的外國女人的雜誌，似乎是一本介紹世界各地家庭料理製作方法的雜誌。

「這本雜誌隔週五出版。那張明細上有一筆雜誌五百四十圓的紀錄，這本雜誌就是五百四十圓。既然那是一個中年婦女，一定就是買這本雜誌。」

世良認為彩子在這個問題上的洞察力十分敏銳。買這種雜誌的人，似乎都習慣每期必買。

「妳的推理太厲害了，搞不好真的能夠找到車主。」

「嗯，」彩子點頭，「我相信一定可以。」

「妳從幾點到幾點守在這裡？」

「嗯……」她看了一眼手錶說，「我九點左右來的。」

世良瞪大眼睛，所以她已經在這裡守了將近兩個小時。

「妳打算等到幾點？」

「大約十二點左右。」

世良一時說不出話，然後緩緩搖著頭。難怪店員從剛才就露出狐疑的眼神看過來。

「我能夠理解妳的心情，但時間太晚的話很危險，這附近有不少不良分子。」

「別擔心，我很小心謹慎。」

「妳無論再怎麼小心謹慎也沒用，而且妳是怎麼來這裡的？」

世良知道彩子並沒有車子。

「我搭計程車來這裡，回家的時候也會叫車。」

世良先是再次搖頭，然後又用力點頭說：

「好，那不如這樣，我陪妳一起等。我們一起坐在車上等，免得店員起疑。」

「這樣對你不好意思。」這次輪到她搖頭。

「沒什麼不好意思，這也是我工作的一部分。不，如果妳不想和我單獨相處的話，我可以把車子借給妳，妳應該會開車吧？」

世良從口袋裡拿出鑰匙。彩子看看車鑰匙，又看看他，問：

「你打算把車子停在哪裡？」

「當然是停在路邊啊，這樣才能夠馬上追上去。」

世良對她眨了一下眼睛。

他們從隔天開始一起監視。世良下班離開警局，吃完飯後就去接彩子。彩子坐上副駕駛座後，世良把車停在之前奧迪停的位置後方大約十公尺的地方，然後一起監視。

「你怎麼了？最近好像心情特別好。」

世良在分局工作時，福澤和其他同事經常這麼說他，旁人似乎覺得他喜不自勝，他既覺得不可能有這種事，又覺得搞不好真的是這樣。

當他和彩子一起監視時，難免會聊起高中時代的事，於是他就會回想起當年暗戀她的自己，然後發現當年夢寐以求的她就在身邊。

「如果沒有那件事，」彩子看著前方說，「我的人生應該會不一樣。我應該會用功讀書，而且也會去讀大學。雖然不知道會不會比現在更好，但我覺得在我人生最重要的時期，被奪走了最珍貴的東西。」

世良默默聽著她說話。她指的就是改變她人生的『壽司事件』。

「規定根本就是由人制定的，」她說，「而且那些規定根本莫名其妙。為什麼為了補貼家裡而打工的人要被停課三天，妨礙別人的人卻完全沒有受到任何處分？」

「規定是一把雙刃劍，原本可以保護自己的規定，結果有一天突然傷害自己，所以使用這把劍的人很重要。如果是無能的笨蛋使用這把劍，就只會墨守成規，亂舞一通。」

「那幾個老師都很無能。」彩子帶著深仇大恨說道，「簡直就像錄音機一樣，一直說什麼校規這樣規定，但我說我受了傷時，他們就不說話了，只會傻笑。」

「不難想像。」

「世良……你現在也從事執法的工作，希望你不會變成那種無能的人。」

「我會努力。」

世良說完，笑了起來。

他們在監視時聊著這些事，在第十二天時，那輛黑色奧迪終於出現在他們面前。

6

那輛黑色奧迪停下車，一個女人打開左側車門下車的同時，世良也下了車。彩子跟在世良身後。他們和開奧迪的女人一起穿越馬路，走進便利商店。

這個女人有點發福，一頭中長髮燙著大波浪，身上的棕色開襟衫一看就知道不便宜。彩子認為她是部長太太的推理八九不離十，如果是更高層主管的夫人，應該不會來這種地方買東西。

女人在店內逛了一圈，似乎在找什麼東西，但最後沒找到。世良和彩子相互使眼色，注意觀察女人的舉動。當她走去雜誌區時，兩個人也跟過去。

發福的女人看了一眼女性雜誌區後，毫不猶豫地伸手拿了一本雜誌。正是《*Cook Robin*》。世良和彩子看到她拿著雜誌走去收銀台後，接著走出了便利商店。

「絕對沒錯。」

她因為興奮，聲音也顯得有點緊張。「她都固定在這裡買那本雜誌，那天也一樣。」

不一會兒，那個女人走回車子，從左側坐上奧迪。世良看到她發動時沒有打方向燈，就更加確認就是她了。

隔天，世良外出辦完其他事後前往C町。那一帶都是高級透天厝，他在門口掛著石井名牌的那棟房子前停下了腳步。黑色奧迪停在那棟房子的車庫內，也就是說男主人應該搭電車通勤。

他按了大門旁的對講機，過了一會兒，聽到一個女人回答。世良認為就是昨天晚上那個女人。

我是××分局交通課——對方聽到之後，似乎說不出話。一陣靜默後，玄關的門突然打開了。

「請問妳是否知道，大約兩個星期前，從這裡往北五百公尺的白石街道發生了一起卡車翻覆的車禍？」

世良站在玄關問道，女人毫不掩飾內心的不悅，低聲回答：「嗯。」

「那天晚上，有好幾位目擊者證實，路旁停了一輛黑色奧迪。在向附近的便利商店調查之後，發現是府上的車子，請問是這樣嗎？」

雖然世良在說明時稍微添油加醋，但並沒有說謊，這個女人應該再也不會踏進那家「店員很多嘴的便利商店」了。

「是啊，但我並沒有做錯什麼。」

女人很不甘願地承認了，她似乎並不認為在馬路上隨便停車有什麼錯。

「我想說的是在那之後——」

世良告訴她，有人看到黑色奧迪突然探出頭，以及卡車很可能因為這個原因失控打滑。女人的表情果然越來越可怕。

「誰說的？我才沒有做這種事。」

女人說話時口水噴濺到世良下巴附近，他稍微退後一步說：

「但妳的確在車禍發生後，就把車子開走了。」

「這……只是剛好而已。」

「但是，卡車在踩急煞車之前曾經按喇叭，也就是說，有什麼東西阻擋了卡車。石井太太，按照當時的情況，應該就是妳的車。」

「我才沒有擋他的車。」

女人說完，把頭轉到一旁。世良經常遇到這種情況。許多駕駛人都道聽塗說後認為，即使在發生車禍時，無論警察說什麼，只要不認錯，就有可能逃過罪責。

「石井太太，有人因為這起車禍喪生。」

世良這麼說，但女人只是抱起雙臂，臉上寫著「關我什麼事」。

「可以請妳說實話嗎？」

女人仍然無視世良，似乎認為只要自己不吭氣，世良也拿她沒辦法。

「好吧，」世良說，「如果妳堅持否認，那也沒關係，只不過我們還是必須製作筆錄，請妳帶著駕照來分局一趟。」

女人聽到這句話，終於將視線移回他的身上，撇著搽了紅色口紅的嘴唇。世良覺得她的臉真醜陋。

「做完筆錄後會怎麼樣呢？」

「會移送檢方。目擊者說看到了，但妳堅稱沒有妨礙交通，既然這樣，只能由法官定奪了。」

女人的臉上露出明顯恐懼感。一旦上了法庭，就很難預料結果。這件事讓她感到不安。

「請妳今天來分局一趟，只要跟櫃檯說找交通課福澤主任的小組就行了。」

「請等一下。」

女人好像吃到什麼難吃東西，撇著嘴角說：「好吧，我只要說出那件事就沒事了吧？」

「那件事？」

「那輛卡車之所以會踩煞車，是因為我從卡車面前經過，那裡竟然沒有斑馬線才是最大的問題。」

「等一下，妳說經過卡車面前，是指妳走路穿越馬路的意思嗎？」

「對啊，那輛卡車也超速了。」

「不，如果是這樣，就太奇怪了。」世良努力想像著當時的情景說，「卡車在踩了煞車之後，把方向盤向右轉，這代表左側有障礙物，駕駛人想要閃避那個障礙物。」

「是這樣啦，」女人皺眉，「雖然我過了馬路，但走到一半時，我的一隻涼鞋掉了，我覺得還來得及回去撿——」

「結果妳又衝到馬路上，卡車為了閃避，所以把方向盤打向右側……但是目擊者說，在車禍發生後，看到奧迪的車頭探出來。」

「這是因為我向來都這樣停車。警察先生，你也該試試開左駕的車子，真的很難啊。」

也就是說，奧迪在停車的時候，車頭就已經探了出來，而彩子的丈夫因為這個女人在馬路上走來走去送了命——

「無論如何，」世良吞著口水，「無論如何，都要製作筆錄，可以請妳來警局一趟嗎？」

「那也沒辦法啊。」女人鼻子噴著氣，「但是，警察先生，我沒有罪責吧？那時候，我是步行者，這應該算是卡車駕駛未注意車前狀況吧？」

女人扭曲的臉浮現淡淡冷笑。世良看著那張醜陋的臉，差一點吐出來。

7

彩子聽了世良說明的情況後，她的臉就像能面面具般蒼白，完全沒有任何表情。

世良站在她面前，垂著頭。雖然他試圖說得委婉一點，但完全想不到該如何表達。

「也就是說──」

他聽到彩子話聲後抬起頭。她看著半空中的某一點，面無表情，只有嘴巴在動。

「也就是說，那個女人完全沒有任何責任嗎？」

「雖然會將筆錄移送檢方……」

但檢方應該不起訴。他把這句話吞了下去。

「是喔，」彩子哼了一聲，好像被風吹動般點著頭。「所以我老公是代替那個中年女人送了命，那個女人穿越馬路，而且還衝到卡車前，卻完全沒有錯。這就是法律認定的結果。」

世良無言以對。這的確就是法律認定的結果。假設騎腳踏車載人，無視必須在路口暫停的標識，然後衝出馬路，在路口被車子撞到時，撞到腳踏車的汽車必須負起所有的責任，更離譜的是，按照目前的道路交通法，汽車駕駛人還必須支付那兩個人的醫藥費。

「對不起，」世良說，「我太無能了，我是無能的笨蛋。」

彩子第一次正視他的臉，但仍然沒有任何表情，只有嘴唇動了動說：

「沒錯。」

一個星期後——

世良在分局值班的晚上，白石街道附近又發生有人員傷亡的車禍，但這次不是在白石街道上，而是在離大馬路有一小段距離的C町。

C町？

世良忍不住皺起眉頭，覺得那裡是有不愉快回憶的地方，不知道還要多久才能忘記那起事件。

前往車禍現場的途中，福澤像往常一樣，用警用無線電向已經抵達現場的員警瞭解情況，得知一輛黑色奧迪駛出自家的車庫幾十公尺後，撞到了從車前經過的年輕女人。

「黑色奧迪？」

世良握著方向盤問道。

來到現場後，剛好看到救護人員用擔架把傷者抬離現場。他不顧福澤叫著他的名字，跑向擔架。

是彩子。果然就是她。世良沒有猜錯。

「妳沒事吧？是我。」

彩子的額頭右側割傷了，上面黏著深紅色的血跡。她聽到世良的叫聲，似乎發現是他，微微動了動嘴唇。

救護人員把她抬上救護車，救護車鳴著笛聲遠去之後，世良仍然愣在原地。彩子剛才嘴巴的動作深深烙印在他的眼底。雖然沒有聽到任何聲音，但他清楚知道她在說什麼。

拜．託．你．了——她對世良說，拜託你了。

「喂，世良。」

世良聽到福澤的叫聲回過神。他必須去向黑色奧迪的駕駛人瞭解情況。

那個中年胖女人記得世良，她可能以為遇到認識的員警可以對她網開一面，所以在和世良說話時顯得很熟絡，和上次的態度大不相同。

「那個人突然衝出來，完全沒有看這裡，就突然衝到車子前面，我根本不可能閃避。我猜想她可能想自殺吧？警察先生，遇到這種情況，我應該沒有責任吧？」

她一口氣說道，但世良沒有回答。福澤問了基本的情況後，要求她坐上警車。

「請你們相信我，那個人真的是自己撞上來的。」

回警局時，那個女人在警車上一直說個不停。當福澤說，只要問被害女子就可以釐清真相時，她露出不安的表情問：

「對喔，但是她會說實話嗎？她該不會說謊吧？」

世良想著彩子的事。法律的些微偏差，可以成為助力，也可以成為阻力。她豁出自己的性命，跨越了法律中線的分隔島。

警車來到白石街道，前往分局。不久之前被卡車撞毀的中央分隔島已經完全修好了。

危險的新手駕駛

1

男人用力轉動方向盤，在橋前向左轉。周圍頓時變暗，他稍微放慢車速，但又立刻猛踩油門。

——走這條路，一下子就到家了。

他看了時間，感到很滿意。今晚比原本預計的更早到家，應該可以趕在想看的電視節目開始之前就回到家。

本地的駕駛人都知道，這條橫貫D市的高速公路旁的便道，是往主要幹道時很方便的捷徑。不僅距離短，而且沿途沒有號誌燈，趕時間時走這裡可以節省不少時間。只不過這條便道上很少有路燈，路面狹窄，而且也不太平整。因為是單行道，所以沒有會車的情況，但有時候會遇到行人，所以必須特別小心謹慎。像今天這樣剛下過雨，到處都積了水。

男人注意著前方，一路順暢地飆著車。右側是高速公路隔音牆，左側是一片高麗菜田，便道有一點蜿蜒。

他行駛了一段路後，不禁咂著嘴。

——唉，真是太衰了。

他看到前方出現汽車尾燈。因為他在趕時間，很希望可以一口氣穿越便道，但如果遇到前方出現龜速行駛的車子，想快也快不起來。

他維持原來的速度接近前方的車輛，即將追上時踩了煞車。前方的車輛比他想像中更加龜速，明知道後方有車也沒加快速度。

「磨蹭個屁啊，走這條路不開快車，根本就沒有意義。」

男人發著牢騷，但一看前方車輛的車尾，立刻明白了。車尾貼了新手駕駛標誌。

「該說不意外嗎？」

男人嘀咕著，同時內心浮現邪念。

他踩了油門加速，前車的尾燈就在眼前，車牌幾乎都被他的引擎蓋擋住了。

前方的車輛似乎被嚇到了，慌忙加快了速度，和男人的車子之間拉開了一點距離。於是他繼續踩著油門。車速表的指針移動，縮短了和前方車輛的距離。

兩輛車貼得很近，速度慢慢加快。由於這條便道有不少彎道，所以掌控方向盤不易，他很想看看車後方貼了新手駕駛標誌的駕駛人緊張的樣子。

每次來到彎道處，前方的車輛就亮起煞車燈，他也只能跟著踩煞車。

——也開得太慢了。

即將來到下一個彎道時，他和前方車輛稍微拉開距離，然後把車頭燈切換成遠光燈，照亮前方車輛的駕駛座。車上似乎除了駕駛以外，並沒有其他人。

他用遠光燈威逼的同時繼續逼車。雖然車速已經夠快了，但他的目的已經不再是趕路，而是想要玩弄駕駛技術還不熟練的新手駕駛。

前方的新手駕駛似乎也被惹惱了，用力踩了油門。車速稍微加快了。休想逃出我的手掌心。男人的右腳也更加用力。

就在這時——

前方出現了一段角度有點小的彎路，前方車輛踩著煞車，轉動了方向盤，但因為地面濕滑，輪胎打滑，發出了刺耳的聲音。

——慘了……

男人的腦海閃過這個念頭時，前方的車輛無法順利轉彎，只聽到輪胎發出摩擦的聲音，整輛車衝了出去。

接著，傳來一聲巨響，車子撞到護欄。

但危險還沒有結束。

因為男人的車子幾乎緊貼著前方的車輛，所以他也來不及閃避。雖然踩了急煞車，但車子無法完全停下來，左側前方撞到了前方車輛的車尾。男人從座位上彈起來，頭撞到了擋風玻璃。

車子好不容易停了下來，他摸著腦袋，慌忙衝下車，跑向撞上護欄的那輛車子。

駕駛者是一個女人。雙手握著方向盤，臉埋在方向盤上。

男人戰戰兢兢地走過去，咚咚咚地敲著車窗。坐在駕駛座上的女人沒有動靜。他以為她死了，思考著萬一她真的死了自己該怎麼辦。警察看到眼前的狀況，不知道會如何判斷。

這時，那個女人的腦袋動了一下。她倏地坐起來，轉頭看向他的方向。

那個女人看起來三十多歲，臉上沒有外傷。

——她似乎還活著。

男人鬆了一口氣。

坐在駕駛座上的女人看著他的臉，不知道說了什麼。女人的嘴巴微微動了幾下，雙眼也似乎在訴說什麼，他不由得緊張起來。

「沒關係，等一下就會有人來救她了。」

男人不是對女人說，而是自我辯解著同時向後退。繼續留在這裡，絕對會被捲入麻煩事。

幸好自己的車子沒有異狀。他快速坐上了自己的車，急忙逃離現場。

2

路過便道的一名中年駕駛向警方報了案。

「這條路很暗，而且有很多彎道，直到這輛車子出現在眼前，我才發現。起初我以為有人在這裡停車，內心還在嘀咕：竟然有人在這裡停車。當我發現是因為車禍停在這裡時，簡直大吃一驚。」

「你有沒有看到其他的狀況？像是有沒有逃逸的車輛？」

交通課車禍處理小組的三上問道。中年男子搖頭說：

「我沒有看到，我應該是第一輛經過這裡的車子，否則應該早就有人報警了。」

「照理說應該是這樣，但並不是每個人都能夠像你這麼見義勇為。」

三上語帶吹捧地對他說。

「會有人不報警，對出車禍的人見死不救嗎？會有這樣的人嗎？」

中年男子摸了一下禿掉的光頭。

三上向報案者瞭解情況後，走向車禍現場。那是一輛白色小客車，通常作為家庭用車，或是給家中主婦駕駛的第二輛車，排氣量為一千兩百CC，那輛車子的左側前方側面凹了一大塊。

今天早晨下的雨使得路面濕滑，可能因此導致駕駛人轉彎不及，撞上了護欄。

「而且還是這個。」

三上指著車尾貼的新手駕駛標誌說道。最近越是新手駕駛，越容易開快車。

「喂，你過來一下。」

篠田巡查部長叫著三上。篠田部長是三上的上司，雖然個子不高，但胸膛很厚實，整個人散發出粗獷的感覺。

「你看這裡。」

篠田指著右側最後方。

「被撞凹了。」

三上蹲在輪胎旁說道，明顯曾經撞到過什麼。

「你認為這裡為什麼會有凹痕？」

篠田問。

「為什麼……應該是以前曾經撞到哪裡，或是曾經被撞。」

「不，」篠田搖頭說，「不是以前，而是剛被撞不久的痕跡。你仔細看清楚，上面還有烤漆片。」

三上聽到篠田這麼說，用手電筒照著那個位置凝視著，的確發現了深色的烤漆片。

「所以是被追撞嗎？」

「我想應該是，只是不知道和這起車禍有什麼關係，也可能只是想從肇事車輛旁邊開過去，結果不小心擦撞了一下。」

「無論如何，都要先向當事人瞭解情況。」

「沒錯，你聯絡家屬了嗎？」

「已經聯絡了，家屬說馬上趕去醫院。」

「那我們也趕快過去。」

篠田起身。

發生車禍的女人名叫福原映子，今年三十三歲。三上打電話到她的駕照上所寫的地址，沒想到映子是單身，接電話的是和她同住的妹妹，一聽到姊姊出車禍，立刻方寸大亂。

三上到了醫院，向櫃檯瞭解情況，得知傷者目前正在接受治療，她的妹妹等在候診室。

三上他們走去候診室，一個女人站起來向他們鞠躬。她的頭髮很長，五官是典型的日本人。

她自我介紹說是福原真智子，就是她接到三上的電話。她應該平靜了許多，但氣色看起來不太好。

「真不敢相信。」真智子重新在候診室的長椅上坐下，對三上他們說，「我姊姊的確剛考到駕照不久，但正因為這樣，所以她開車很小心，絕對不會開快車，而且嚴格遵守交通規則，完全不會變通。」

「這不叫不會變通。」

篠田在一旁說道。她聽到後，表情稍微放鬆了些。

「我真的無法相信姊姊會出這種車禍，她每逢下雨，就會開得特別慢。」

「但我們勘驗現場時，發現車速很快，才會轉彎不及，輪胎打滑。」

三上說，真智子搖頭嘆氣，似乎難以接受。

「我姊姊不是會開快車的人，一定是有什麼原因。」

「那就要聽聽她自己怎麼說了。」

真智子聽了三上的話，點點頭。

聽真智子說，福原映子在復健中心擔任指導員，復健中心位在市區北端的自然公園旁，附近有網球場和美術館。

映子在兩個月前才考到駕照，之前因為工作忙碌，沒有時間去駕訓班，但隨著工作量增加，回家的時間越來越晚，覺得搭公車再轉電車通勤太累了，於是下定決心學開車，開始開車上下班。

她在一個月前買了車子，因為每天都開車上下班，所以真智子強調，姊姊的開車技術絕對比考上駕照後，好幾年都沒有開過車的人好多了。

他們正在談論這些時，映子走出治療室。她的頭上和脖子都綁著繃帶，在護理師的陪同下，仍然滿臉恍惚。

「姊姊，妳還好嗎？」

真智子跑過去。映子張嘴，但沒有說任何話。

年約四十多歲，看起來充滿知性的醫生跟在她身後走出治療室，看到三上他們後，向他們使了眼色。

「情況怎麼樣？」篠田問。

醫生有些為難地說：

「傷勢沒想像中嚴重，骨骼也沒有異狀……」

「有什麼問題嗎？」

「她說腦袋昏昏沉沉，也很痛，而且意識不太清楚。雖然照了X光……」

「可以向她問話嗎？」

「如果時間不要太長，應該沒有問題，但請遵守護理師的指示，因為她思考時似乎會不舒服。」

「我知道了。」篠田回答。

醫生說，要住院觀察兩三天，於是把映子送去病房。映子一直到走進病房，坐在病床上，都沒有說一句話，這令人有點在意。

「福原小姐，可以打擾一下嗎？想要問幾個有關車禍的問題。」

篠田看著她的臉問道，但她的臉上完全沒有任何反應，眼神渙散，好像根本沒有看到警察的身影。

「福原小姐……」

篠田又叫了一次，但她還是露出相同的表情。不一會兒，真智子叫了一聲：

「姊姊，妳要振作一點。」

映子聽到妹妹的說話聲，才終於轉變了表情。但她轉頭看著真智子時，兩眼好像在做夢般空洞無神。

「我為什麼會在這裡？」

3

「這可能算是喪失部分記憶。」

隔天一早，篠田在進行現場勘驗的補充調查時說。他指的是福原映子的情況。福原映子在昨天直到最後都沒有想起車禍的事。不光是車禍，她甚至完全無法想起這一個星期的事。

「雖然醫生說，應該是心因性失憶。」

心因性失憶通常只要經過一段時間，就會恢復記憶。醫生說話的語氣沒有太大的自信，可能他也是第一次遇到這種狀況。

「對了，」正在調查滑行痕跡的篠田變得嚴肅，「除了福原映子那輛車的滑行痕跡以外，還有另一輛車子的滑動痕跡，位置完全不一樣，而且輪胎的間隔也不同。」

「會不會就是那輛追撞的車？」

「八成是這樣，可能在這裡滑行，然後撞到福原映子的車。雖然並不是直接的加害人，但也不能置之不理。也許必須考慮福原映子無法提供證詞，我們就得盡快根據殘留的烤漆片查出肇事車輛。」

篠田愁容滿面的表情似乎在說，希望事情不會這麼麻煩。

調查結束後，三上獨自再度前往醫院。因為他希望趕快向映子瞭解情況。

真智子在病房內照顧姊姊。她昨天晚上回家了一趟，今天早上又帶著換洗衣物來到醫院。真智子在一家醫院當護理師，照顧起來有模有樣。真智子比昨天有精神多了，三上看到她俐落的樣子，忍不住有點感動，覺得姊妹一起生活也不錯，兄弟一起生活，感情就可能無法這麼融洽。

「有沒有好一點？」

三上問躺在病床上的映子。她沒有回答，眼珠子不安地轉動，真智子代替她回答說：

「姊姊說，身體舒服多了，但還是想不起來。」

真智子說話時一臉遺憾。

「這樣啊，但在聽福原小姐說明前，我們也無從著手。」

「沒有目擊者嗎？」

真智子問，三上皺著眉頭回答說：

「因為除了本地人，很少有人會走那條路，而且那條路位在高速公路和農田之間，離民宅很遠，即使發出很大的聲響，也不會有人注意。」

真智子聽了他的說明後，默默點頭。

「啊，但是有一個可能，」三上想起了這件事，「好像有人從後方輕微追撞到妳姊姊車子的後方。」

「追撞？」

「但是，那並不是車禍的原因，很可能是妳姊姊在發生車禍後遭到追撞，總之，我們可能要尋找那輛車子的駕駛人。」

「這個調查要多久？」

「不清楚，如果當事人主動出面，就可以很快解決，否則就很傷腦筋。幸好現場發現了那輛車子剝落的烤漆片，所以也許可以查到那輛車的車款和出廠年分。」

「車款和出廠年分……」

真智子看著窗外嘀咕著。

走出病房後，三上去找了福原映子的主治醫生。

「她的腦波沒有異常，X光的結果也一樣，應該是心理因素造成的。」

醫生如此評論福原映子的狀況。

「是因為有什麼心理上的壓力，讓她不願回想起當時的情況嗎？」

三上說出他的猜想。

「也許是，可能車禍的瞬間帶給她很大的恐懼。」

醫生的回答聽起來還是很沒有把握。

三上回到分局後向篠田報告，篠田無奈，點頭說「那也沒辦法」。

無法寫報告固然讓人頭痛，但目前並不認為這起車禍很棘手。從車禍現場來看，很明顯是一起自撞車禍，也沒有造成人員死亡。雖然映子目前的症狀不同尋常，但說得冷血一點，這種狀況對今後的生活並沒有影響。也就是說，三上認為這起車禍不需要經過複雜的程序就可以解決。

唯一的問題，就是那輛追撞的車輛，但目前認為不會積極追查這件事。即使找到那輛車，查到駕駛人，也很難要求對方負什麼責任。只要該駕駛人說，車禍就在眼前發生，他慌忙踩了煞車，但還是來不及，結果不小心撞上了，警方也沒轍。

「只能等待記憶了。」篠田說。

三上覺得這種說法很有趣，不禁笑了。

4

他買了三份報紙，但都沒有看到昨晚那起車禍的相關報導，那個女人似乎並沒有死。

——太好了。

男人收起報紙嘆了一口氣。雖然並不是他肇事逃逸，但如果和死亡車禍扯上關係，他晚上都會睡不安穩。

——而且，我的車子也稍微擦撞到她的車子。

他想起自己的車追撞了那輛事故車輛，很可能留下某些痕跡。一旦發生死亡車禍，警察應該會全力追查自己。

總之，真是太好了。他再度嘀咕道。

他又仔細翻閱三份報紙，這是他有生以來第一次這麼仔細看報紙，但其實他只看社會版而已。

今天各大報的社會版內容都一樣，都報導了日前失蹤的四歲女童屍體被發現的新聞。警方研判女童死亡時間為一個星期到十天左右，胸口被銳利的尖刀刺殺身亡。男人看到女童屍體是在河岸被人發現，忍不住大吃一驚。因為地點就在自己常去的地方附近。

——這個世界太可怕了，竟然在距離自己那麼近的地方發生了如此殘酷的事件。

他當然是以旁觀者的立場產生這樣的感想。

5

車禍發生至今已經過了四天。

這一天，福原真智子打電話給三上，希望他馬上去她們姊妹住的地方，映子已在昨天出院後回到家裡。三上和篠田便一起趕往。

福原姊妹住在這棟外牆模仿磚牆的米色公寓四樓。三上和福澤上門後，真智子請他們坐在客廳，女人住的地方就是不一樣，房間的每個角落都打掃得一塵不染。

映子穿著睡衣和睡袍，坐在客廳的沙發上，但精神看起來比之前好多了，眼神也不像之前那麼空洞。當她看到三上和福澤時，點頭向他們打招呼。

「是不是想起了什麼？」

三上輪流看著她們兩姊妹的臉問道，真智子點頭說：

「雖然不是全部，但似乎想起了片斷的記憶。」

「和車禍有關嗎？」

「對，這件事……」

真智子似乎有點難以啟齒，然後看著姊姊。

「可以請妳告訴我們嗎？只要妳記得的內容就好。」

篠田看著映子說道。她看著兩名警察的臉之後低下頭，然後好像下定了決心般抬起頭說：「那天晚上，我……差一點被殺。」

和真智子相比，她的聲音比較沙啞。可能是因為工作的關係，經常需要大聲說話。三上的腦海中浮現了和眼前的情況毫無關係的感想，隨即理解了她那句話的意思。

「啊？妳說什麼？」

篠田的反應慢了半拍，映子用好像唸課本般的聲音，對著兩個反應遲鈍的警察重複了一次。

「我差一點被殺。我在那條路上開車，對方從後面攻擊我。」

「怎麼會有這種事？為什麼有人想要殺妳？」三上問。

「我不知道，但的確有人想要我的命。」

映子說到這裡，害怕地縮起肩膀。

「可以請妳說得詳細一點嗎？」

篠田說，三上的身體也往前傾。

映子說，這次車禍並不是她第一次遭遇危險，在這十天期間，至少有三次遭到暗算。第一次是在她離開車子一會兒後，發現煞車踏板下方卡了一個空罐。她在還沒有把車子開得很快時就發現了，所以用離合器和手煞車讓車子停下，如果剛好遇到下坡道，恐怕就會送命。

第二次是開車在路上時突然聽到很大的聲音，有什麼東西打在擋風玻璃上。她慌忙停車下來查看，發現有一塊磚塊掉在馬路上。應該是有人躲在路旁丟向她的車子。她在附近找了一下，但已經不見人影。如果那次擋風玻璃被砸破，不知道會發生多麼嚴重的車禍。

第三次就是日前發生的車禍。

「那輛車子以驚人的速度從後方逼近，而且車頭燈還一直閃個不停。起初我以為有人在惡作劇，但因為有前兩次的事，所以我很害怕，不得不加快速度。不一會兒，就遇到彎道，但後方的車沒有放慢速度，一直逼上來，顯然想要追撞我，把我的車子撞出去。我不顧一切地逃命，但在看到彎道時，情不自禁踩了煞車，結果就變成這樣了……」

不知道是否想起當時的情景感到不寒而慄，映子不停地摸著自己的手臂。真智子把一件開襟衫披在她的肩上。

「早知道至少應該確認對方是什麼車，但當時完全無暇顧及這麼多。」

她懊惱地咬著嘴唇。

「原來是這樣。」

篠田嘆氣看著三上，似乎不知道該如何解釋。

「會不會只是巧合？」篠田問，「空罐掉在煞車踏板下方是最近常見的車禍原因之一，我們平時也加強宣導，請駕駛人注意這個問題。」

「問題是我完全沒有看過那個空罐。」映子說話雖然很小聲，但明確地否定了。「而且磚塊也不可能剛好從哪裡砸過來，前幾天的車禍也是，顯然是有人想要殺我。」

遇到這種情況，她難免會心生恐懼。如果連續發生這種事，就不太可能是巧合。

篠田連續點著頭，在三上的耳邊說：

「這下子麻煩了，我們沒辦法處理這起車禍。」

「該怎麼辦？」

「交給刑事課去處理，你馬上打電話回分局。」

三上被分配到目前的部門已經四年，這是第一次和刑事課合作。篠田應該也沒有太多類似的經驗。

刑事課來了一位姓齋藤的刑警，看起來年紀和篠田相仿，但體格比篠田強壯多了，而且眼神很銳利。

齋藤要求映子再說明一次相關的情況，聽到映子在十天之內遭遇了三次危險，他的表情更加凝重了。

「妳知不知道自己為什麼會被人盯上？」齋藤問道。

映子偏著頭思考起來，然後雙手抱著頭，連續搖了好幾次。

「不行，我的腦袋還有點昏昏沉沉，想不起來。」

齋藤見狀，為難地嘆了一口氣。

「對了，差不多十天前，妳不是告訴我一件奇怪的事嗎？」真智子對著姊姊說。

「奇怪的事？」

映子抬起頭。

「就是美術館旁邊的樹林，妳不是在那裡看到了什麼嗎？」

映子聽美智子這麼說，皺眉，然後好像在忍著頭痛般按著眼角。

她維持這個姿勢靜止片刻，隨即發出一聲低吟。

「啊啊，原來是那件事，但那件事和這件事有什麼關係……」

「雖然我不太清楚，但妳是在那天之後經常遭遇危險，搞不好有什麼關係。」

姊妹兩人繼續說著，齋藤似乎對她們的談話產生興趣，重新在椅子上坐好後問：

「可以告訴我嗎？」

映子看了看真智子和其他警察，最後似乎下定決心，點點頭說：

「就在十天前，我像平時一樣開車去復健中心。」

映子的聲音雖然很輕，但口齒較剛才清楚了些。「我記得那時候差不多是晚上九點，我經過美術館前，隱形眼鏡不小心移位了。」

「隱形眼鏡？」

「嗯，因為我視力不好，隱形眼鏡跑掉的話沒辦法開車，於是我就把車子停在路旁，當我把隱形眼鏡弄好之後，聽到樹林深處傳來了輕微的尖叫聲。」

「尖叫……是女人的聲音嗎？」

三上不禁插嘴問道。

「應該是，」映子很沒有自信地說，「雖然我很害怕，但還是鼓起勇氣走進樹林，結果發現有人蹲在那裡。我以為那個人不舒服，倒在地上，於是就問了一句：『怎麼了？』結果那個人影倏地坐起來看著我。令人驚訝的是，那個人影下方還有另一個人，我立刻想到，是不是看到了不該看的，破壞了人家的好事。」

三上在一旁聽著，覺得如果換成自己，恐怕也會有同樣的想法。

「結果呢？」齋藤問。

「我覺得很尷尬，然後就回到車上，馬上把車子開走了。就這樣而已。」

映子最後說道。齋藤抱著雙臂，沉思片刻。

「妳覺得當時對方有沒有看到妳的臉？」

映子偏著頭，然後回答說：

「可能看到了，但我不太確定。」

「妳有沒有看到對方的臉？」

「沒有。」

「有沒有什麼特徵？」

「不太記得了。」

映子的手摸著臉頰，露出凝望遠方的眼神，隨即張開口，似乎想到了什麼。

「怎麼了？」

齋藤注視著她的臉，她仍然看著半空說：

「其中一個人可能是小孩子，因為我覺得躺在下面的人個子好像很矮小。」

「小孩子？」齋藤的雙眼頓時一亮，「是男孩，還是……」

映子痛苦地搖著頭，雙手捂著臉說：

「不知道，我沒辦法回想得這麼清楚。」

「妳可以正確指出當時的地點嗎？」

映子聽了這個問題之後想了很久，然後小聲地回答：

「我現在想不起來，但如果去了那裡，應該就會知道。」

6

——太奇怪了。

他在運動袋裡找了好幾遍，但仍然沒有找到。他不記得曾經放去其他地方，但不在這個運動袋裡，未免太奇怪了。

他找不到他的護腕。

套在手腕上吸汗的護腕是打網球時的必需品，其中一個不見了。

不，正確地說，是其中一個不知道什麼時候被調了包。雖然很像他原本的那一個，但顏色有微妙的差異，而且上面也沒有繡自己的姓名縮寫。

他記得三天前還在。在更衣室換衣服時，曾經確認兩個護腕上都有自己的名字縮寫，而且還戴著護腕去球場打球。

——不，等一下。

他記得在練習完上半場之後，曾經把護腕拿下來。難道是拿下來之後，放在哪裡了嗎？因為只是隨手一放，所以八成是放在運動袋上。

之後呢？

——不行，完全想不起來。

他搖搖頭。那是他喜歡的護腕，所以有點可惜，但這也是無可奈何的事。應該是有人拿錯了，只能期待有人發現後還回來。

——三天前好像有不少普通客人。

他回想起當天的情況，想到那天有不少以前沒有見過的年輕女生也都在球場上打網球。

——不可能啦，誰會想要那種滿是汗臭味的護腕。

他對自己的想像苦笑起來。

7

隔天，警方立刻在福原映子說，曾經看到可疑人物的那片樹林內展開搜索。因為那裡的樹木很茂密，警方研判，入夜之後外面幾乎看不到樹林內的情況。

刑警之所以這麼重視映子的證詞，其中當然有原因。他們認為可能和日前發現的幼童命案有關。

映子當時看到兩個人，其中一個人的身材很矮小。搞不好就是遭到殺害的女童。

不久之後，刑警就在現場發現了一塊髒布。差不多像手帕一樣大，有一半幾乎都是黑色的污漬。直覺敏銳的刑警不需要等鑑識報告出爐，也猜到了那些污漬是什麼。

「福原映子看到的人影好像真的是殺害幼童的凶手。」

三上正在寫報告，篠田走到他的身旁說。

「已經確認了嗎？」

「不，目前還無法確認，但可能性似乎很高。」

篠田說，搜查小組發現令人振奮的線索。在那片樹林中找到的那塊髒布上沾到的果然是血跡，而且和遇害少女一樣，都是AB型。

「所以，凶手以為福原映子看到了他……」

「應該是。雖然福原映子什麼都沒看到，但凶手還是惶惶不可終日，所以想要殺了她。」篠田喝著茶說道。

「但是，她在這次的事之前都沒有報警，照理說凶手應該會繼續觀察一陣子。」

「這就是犯罪者的心理。」

篠田一臉得意的表情輕輕敲著桌子。

「凶手認為她之前之所以沒有報警，是因為還沒有發現這起命案。但是等她知道命案後，萬一去告訴警方說那天晚上她看到有人在那裡，那不是很不妙嗎？」

「喔，是這樣嗎？」

三上總覺得這樣的解釋不太合理，無法點頭同意。

「對了，已經根據上次的烤漆碎片查到是什麼車子了。」

篠田突然想起這件事。聽說是去年某家汽車廠推出的跑車。

「雖然很受年輕人的喜愛，但新車登錄的數量並沒有很多，本地只有數十輛而已。」

「所以即使逐輛清查，也不需要花太大的力氣嗎？」三上問。

篠田壓低聲音說：

「我聽刑事課的人說，好像連這種力氣也可以省了。」

8

——開什麼玩笑！

男人拿報紙的手顫抖著。他正在看社會版的新聞。

報紙上刊登的報導中寫著，關於幼童命案有了重大發現。聽說找到新的重要證人，他看了那個證人出現的經過，忍不住雙腿發軟。

那個證人說，曾經多次遭到暗算。

不，這不重要，關鍵在於那個證人之前開車時也遭到攻擊，結果發生車禍。看了描繪車禍的情況，絕對就是指那天發生的那起車禍。

「開什麼玩笑！」

他出聲說道。那只是單純的意外，說什麼有人想要置她於死地，根本是胡說八道。

但是，從報導內容來看，警方似乎認為那天的車禍和幼童命案有關，同時研判兩起事件都是同一人所為。

——這可不太妙啊。

照目前的情況發展，警方很可能會懷疑自己，但即使這樣，自己也不可能主動去說明。

——該怎麼辦呢？

正當他咬著嘴唇煩惱時，聽到敲門聲。他起身打開門鎖，發現門口站了兩個男人，看起來都很凶。

「我們是警察，請問是森本恆夫先生嗎？」

站在前面的那個比較矮的男人問。他的心臟用力跳了一下。

「我就是……」

「請問你知道日前××高速公路的便道發生了一起車禍嗎？」

警察果然是為了這件事上門。他認為即使裝糊塗也無濟於事。

「不好意思，當時原本想馬上報警。」恆夫抓抓頭，賠著笑臉說，「但因為我在趕時間，而且那個人看起來沒有問題，所以我就開車離開了。」

不過，兩名刑警的嘴角連動也沒動。

「所以你承認那天開在那輛車子的後方嗎？」

個子比較矮的刑警面無表情地問。

「我承認，但報紙上寫的那些內容都是胡說八道，我根本沒有想殺她……」

「但聽說你一直逼車。」

另一個個子高大，看起來很凶的男人在旁邊插嘴說。

「沒有啦，那種程度的事，誰都會做啊。她是因為開車技術太爛，才會發生車禍。而且我只和那起車禍有關，和有人想置她於死地完全沒有關係。」

恆夫拚命抗辯。

「喔，是嗎？」一臉凶相的刑警向前走了一步，「如果你這麼說，就當作是這麼一回事，請問你上上個星期的星期三和星期五在哪裡？」

刑警突然問了完全不同的問題，恆夫大吃一驚，瞪大眼睛。

「為什麼要問我這個？」

「你別管那麼多，可以請你回答嗎？你在哪裡？」

刑警氣勢洶洶。他認為現在反抗，反而會造成不良後果。

「星期三和星期五我都在網球教室，我在那裡打工當教練。」

「哪裡的網球教室？」

「河合町的。」

「喔？」一臉凶相的刑警點頭說，「還真巧啊。」

「什麼真巧？」

「那個遭人暗算的女人也在河合町上班，兩次回家路上都被攻擊。」

「這……真的太巧了。」

「不光是這樣，」刑警用力向前一步，他的臉幾乎湊到了恆夫的面前。「而且時間剛好就是上上週的星期三和星期五。」

「等、等一下，」恆夫可以感覺到自己的臉色越來越蒼白，「這真的只是巧合而已，我什麼事都沒做，更何況我為什麼要暗算一個素昧平生的人？」

刑警聽了他的回答，露出可怕的笑容，用低沉的聲音問：

「你不是看了報紙嗎？報紙上不是寫了嗎？」

恆夫也知道刑警想要說什麼。

「我沒有殺那個小女孩，你不要隨便亂栽贓。」

「那我再問你一個問題，同一週的星期一你在哪裡？就是她看到可疑人物的那一天。」

「星期一？」恆夫帶著絕望的心情搖搖頭，「那一天也是在網球教室，一、三、五是我打工的日子，但不能因為這樣，就認定那個人影是我啊。」

「的確是這樣，但有證據可以顯示，你的確曾經去過那個樹林。」

刑警從上衣口袋裡拿出一個塑膠袋，恆夫看到塑膠袋裡的東西，差一點驚叫起來。那正是他前幾天就開始找的護腕。

「這是……在哪裡找到的？」

「你認為在哪裡呢？」

刑警露齒一笑，恆夫搖頭。

「就是在那片樹林中，掉在沾到血跡的布旁邊，於是我們就去問了附近的網球教室，這個護腕是你的吧？上面還有T.M.的姓名縮寫，我們還順便調查了你的車子，發現有最近追撞的痕跡，而且和在現場找到的烤漆片的車種也一致。」

「你們搞錯了，這是有原因的……」
「我們當然知道有原因。」個子比較矮的刑警在恆夫旁邊說道，「所以要請你去分局說明。」
「不是啦，我什麼都沒做。」
「不是吧？你不是追撞了別人的車子嗎？」
「那是因為她發生車禍……」
「她說後方的車子以驚人的速度逼車，她感覺到後方車主想要殺她。」
「不可能。雖然我有逼一下車，但做夢也沒有想到會發生這種事。」
「你為什麼要逼車？」
一臉凶相的刑警臉上的表情更凶了。
「為什麼？因為她開車慢吞吞啊……而且她車上又貼了新手駕駛的標誌，所以我想逗逗她。」
「別鬧了！」刑警一把抓住了恆夫的胸口，刑警力氣很大，恆夫的兩隻腳都快離開了地面。「因為她車上貼了新手駕駛的標誌，所以你想逗逗她？少給我在那邊鬼扯！你的車上雖然沒有貼標誌，但你自己不是也才剛考到駕照，還不到一年嗎？」

9

「聽說那個男人被逮捕了。」

真智子一進門就對映子說，她的聲音很興奮。

映子默默點點頭，打開音響的開關，房間內響起莫札特的音樂。她聽著音樂，只說了一句話：「當然啊。」

「但是，我沒想到這麼順利。姊姊，妳太厲害了，妳的計畫無懈可擊。」

映子聽了真智子的話，噗哧一聲笑出來，然後再度閉上眼睛。只要閉上眼睛，當時的恐懼就會在腦海中浮現。

那就是她發生車禍時的恐懼。因為後方逼車，她不禁加快車速，但在輪胎打滑，用力撞上護欄時，她以為自己死了。回想起撞到護欄前身體好像飄起來的感覺，和撞擊時的衝擊，至今仍然會發抖。

那個男人讓他人感受到如此巨大的恐懼，看到有人受傷，竟然沒有救人就逃走了。雖然當時那人好像有說什麼，但他的嘴角浮著冷笑。

當他轉身時，映子看到他的防風外套的後背上印了網球教室的名字，於是就知道他是那個網球教室的人。

映子被送去醫院，接受治療期間，一直在思考報復那個男人的方法，必須好好教訓他，讓他知道自己做了多麼卑劣的事。

映子為了爭取時間，假裝失去記憶。因為在計畫還沒有完成之前就向警方說明當時的情況，可能會影響之後的行動，但她當然很早就把自己的計畫告訴了真智子。

她很幸運地發現，附近剛好發生了幼童遭到殺害的事件，也許該說是那個男人的不幸。一旦和那起事件扯上關係，警方必定會積極採取行動。

多虧真智子協助調查，在車禍發生的隔天，就查明了男人的身分。他叫森本恆夫，是私立大學三年級的學生，一看就知道很輕浮——這就是真智子對他的印象。

真智子利用護理師職務之便，準備了那塊沾到ＡＢ型血液的布，還偷走了森本的護腕，又偷偷丟去美術館旁的樹林中。

所有的準備工作都完成之後，她們找來警察，映子偽裝成對於莫名遭到追殺感到害怕的女人。

真智子說得沒錯，計畫無懈可擊。雖然森本早晚會遭到釋放，但在被釋放之前，警察應該會好好伺候他。

這樣很好。映子心想。

即使那個男人沒有落入這次的圈套，他所做的行為完全就是殺人未遂。

只是沒有人制裁他而已——

請通行

1

雄二下班回到家，正在鬆開領帶時，接到了那通電話。他以為是尚美打來的，但尚美通常不會這麼早打電話來。他一手拿著領帶，接起了電話，用低沉的聲音應了一聲「喂？」

「喂？請問是佐原先生的府上嗎？」

電話中的男人聲音有點沙啞，聽起來已經不年輕了。而且這個聲音很陌生。

「我就是。」

「你好，我姓前村，是××分局交通課告訴我你的電話……」

「喔。」

該不會……雄二的腦海中閃過這個念頭。

「這次真的很抱歉，我會負責把你的車子修好。我有認識的修車廠，只要把車子交給他們就沒問題了。」

「等、等一下，你剛才說，你姓前村，對嗎？你的意思是你撞壞了我的車子嗎？」

「對，呃……就是這麼一回事，真的很抱歉。」

男人的聲音越發顫抖，聽起來很無助，最後幾乎聽不到了。

太幸運了。雄二忍不住想。他原本已經對這件事不抱希望。因為女友尚美不想坐他那輛撞壞的車子，所以原本已經做好了荷包要失血好幾萬的心理準備，沒想到撞壞車子的人竟然現身，真是太好了。

雄二把耳邊的電話稍微移開，調整呼吸。雖然他內心很高興，但他不想讓對方察覺。他用力嘆了一口氣，用刁難的語氣冷冷地問：

「你為什麼不早一點和我聯絡？」

「對不起，因為我最近忙著處理很多事。」

「連打通電話的時間都沒有嗎？所以你去了××分局嗎？」

「我去過了，遇到了姓齋藤的主任，把我罵了一頓。」

活該。雄二在心裡吐著舌頭。那個姓齋藤的條子也數落了我一頓——

「電話中道歉無法解決問題，總之，請你來這裡一趟。」

「好，我也想上門當面向你道歉。呃，請問你住在……」

「你來我家也很困擾，我們約在我家附近的咖啡店見面。」

雄二沒有問對方的意見，就決定了日期和地點。他知道遇到車禍相關的問題，態度一定要強勢。尤其這次自己是受害者，根本不需要客氣。

「到時候是否要帶修車廠的人一起去？」

「不，不用了，車子我已經送修了，到時候我會把估價單交給你，這樣沒問題吧？」

「是……呃，這樣沒問題。」

「請你留一下電話，家裡和公司的電話都告訴我。」

「好，我公司的電話是××××，這是我的專線電話，家裡的電話是××××，傳真是××××。」

既然家裡有傳真專用的電話號碼，想必他的家境不錯。雄二鬆了一口氣。聽說很多加害人會為修車費用太貴囉哩叭嗦。

「那就下週見。」

「好，真的很抱歉，那就先這樣。」

這個姓前村的男人說話的語氣自始至終很謙卑，簡直懷疑他在電話的另一頭跪著說話。

雄二掛上電話後，不禁打了一個響指。「太好了。」然後再次拿起電話，按了按鍵，要把這個好消息告訴尚美。

去年年底到新年期間，雄二整天心情都很好。他和尚美一起去滑雪，一月二日之後，就一直住在她的公寓內。尚美是他在去年夏天時認識的粉領族，雖然曾經上過幾次床，但第一次一起去旅行，也是第一次住在她家。三日那天早上，在她家的床上醒來時，雄二看著她鼻子很挺的側臉，覺得和她結婚似乎也不錯。雄二今年二十九歲，在一家電腦軟體公司上班，但公司內並沒有能夠讓他看上眼的女生。

隔了一會兒，尚美也醒了，從窗簾的縫隙看到窗外的風景時，忍不住驚叫起來。

「你看，積雪這麼深，簡直就像滑雪場。」

「下了這麼多雪啊。」

雄二也站在窗邊看著外面，所有的房子屋頂都是一片白茫茫，馬路表面就像鋪了一層淡茶色的雪酪。原來昨晚就一直下著細雪。

「幸好是過年，如果上班的日子下這麼大的雪，真的要崩潰了。」大家可能都在家裡看電視，街道都很安靜。

他們一直睡到中午才起床，吃完早午餐後，尚美說要趁新年去神社參拜。雄二瞪大眼睛說：

「雖然積雪這麼深，但神社一定有很多人。」

「大家都去知名的神社，所以才會擁擠。我們去沒有名氣的神社參拜就好，就當作是開車兜風嘛。」

尚美一直央求。

「外面下這麼大的雪，真的要出門嗎？」

「沒關係嘛，比去滑雪場輕鬆多了。」

「唉，真是拿妳沒辦法。」

雖然雄二覺得很麻煩，但最後還是決定滿足女友的要求。

他們在兩點多時出了門，一起走在狹小的路上。那條路只能勉強讓一輛車子通行。尚美的公寓沒有停車場，雄二的車子只能停在不遠處的路旁。走在雪地上時，沙沙的聲音很悅耳。

雄二的車子停在路面稍寬一點的地方，車上和房子的屋頂一樣，也積了不少雪。

「真傷腦筋，簡直就像是雪車了。」

雄二苦笑著打開了車門，這時，尚美「啊」地叫了一聲。

「幹嘛？怎麼了？」

「你看！好可惡喔。」

她指著車子的右後方說道。雄二看向那裡，不禁張大了嘴巴。車尾燈破了，車身也有擦撞的痕跡。昨天車子還好好的。

「王八蛋，撞了就逃走嗎？」

雄二咬著嘴唇打量四周，雖然無論他再怎麼看，撞車的人也不可能仍然留在附近。

「大過年的就這麼衰，要不要報警？」

「算了，太麻煩了，我們還是走吧。」

「要開這輛車出門嗎？」

尚美抱著雙臂，撇著嘴，斜眼看著車子被撞傷的痕跡。

「不會很明顯啦。」

「我才不要，而且也不想出門了。」

「是妳說停在這裡沒問題的。」

「什麼嘛，你怪我？」

尚美怒目圓睜。

「我不是這個意思，我是說，是我的車子被撞壞，妳至少要表示一下同情。」

「我當然很同情啊，所以才叫你報警。」

「即使報了警，也不可能找到肇事者。我有好幾個朋友車子被撞，都只能自認倒楣。」

「那可不一定，也許這次可以找到呢？如果你日後後悔，說什麼早知道就去報警，可別說我沒有提醒你。」

尚美生氣地把頭轉到一旁。從她鼻孔冒出的白氣，就知道她很不高興。雄二摸著下巴，又看了一下四周。發現有一台香菸自動販賣機，旁邊就有公用電話。

「真是拿妳沒辦法。」

雄二不悅地說完，走向電話。「我回家等你。」尚美說，但雄二沒有回頭。

他撥打了一一〇後，不一會兒，附近派出所的員警來到現場。雄二向員警說明情況後，員警叫他開著車去警局。雄二瞪大眼睛。

「不是要在這裡勘驗現場嗎？」

「交通課很忙，尤其下了這麼大的雪，聽說今天早上還發生了多起車禍。說實話，遇到撞車逃逸的狀況，根本無法趕到現場勘驗。」

這名有點年紀的員警圍著棕色的圍巾，語帶同情地說。雄二嘆了一口氣。看來自己也只能自認倒楣了。

他去警局之後，等了將近三十分鐘，才終於輪到他。一名姓齋藤，四方臉的中年員警接待他。雄二向齋藤說明情況後，齋藤皺著眉頭問：

「你不知道那條路禁止停車嗎？」

「我知道，但我朋友說，她經常看到有車子停在那裡……」

「所以大家都違反了交通規則。你只要想一下就知道，那麼狹窄的路，怎麼可能有辦法停車呢？說實話，我覺得即使被撞到也是自找的。來報案說自己的車子停在路旁被撞的人中，有八成以上都是違規停車，但都搞不清楚自己違規在先。你呢？你知道自己違規了嗎？」

「我知道，對不起。」

雄二鞠躬道歉，內心很火大，自己的車子被撞，為什麼還要道歉。

「你真的有在反省嗎？啊？真受不了。」

齋藤在填寫報案單時，嘴裡一直唸唸有詞，不停地發著牢騷。

都怪妳。雄二想起尚美的臉。早知道就不該報案。雖然不至於因為違規停車吃罰單，但來報案還被罵一頓真是太火大了，而且恐怕也很難找到肇事逃逸的車主。

「以後不要把車子停在寫明了禁止停車的地方，你在考駕照的時候不是這麼學過嗎？」

齋藤在寫完報案單之後，仍然嘮嘮叨叨。

新年假期一結束，雄二就把車子送去修車廠。修車廠的人估價說，修車費要五、六萬圓。

「盡可能算便宜點，只要看起來好看就行了。」

雄二再三叮嚀修車廠的人。他在年底領的獎金幾乎都已經花完了。

那天之後，他沒有和尚美見面。雖然他無意為這種無聊的事嘔氣，但總覺得即使打了電話，也不知道該說什麼。他很希望尚美可以主動打電話給他，只不過尚美似乎也不願意低頭。畢竟時下的粉領族自尊心都特別強。

沒想到剛過完年，就遇到這種衰事。雄二這兩三天一直感到悶悶不樂。

結果今天竟然接到肇事者打來的電話。

看來今年的運勢也沒那麼差嘛。雄二聽著撥打給尚美的電話鈴聲，不禁露出笑容。

2

雄二故意比約定時間晚了五分鐘走進咖啡店，看到一個三十多歲的男人坐在咖啡店最後方的桌子旁，旁邊的椅子上放了一個白色大紙袋。那是他們在電話中約定的記號。雄二大步走過去，問他是不是前村先生？對方猛然站了起來。

「啊，你好，請問是佐原先生嗎？不好意思，還麻煩你特地跑一趟。」

雄二不理會頻頻鞠躬的前村，在椅子上坐下，仔細打量著對方。前村個子不高，駝著背，而且眼尾下垂，嘴巴微微張開。無論怎麼看，都不覺得是個精明能幹的人。

雄二點了咖啡後，前村遞上名片。雄二用指尖拿著名片打量著，忍不住驚訝地瞪大眼睛。

前村製作所株式會社　技術部長　前村敏樹——

「你是在前村製作所任職嗎？所以你是前村董事長的……」

「是，董事長是我的叔叔。」

駝背矮個子的前村似乎聽到別人問起他家的事很高興，露齒微笑著。

前村製作所是製造工業機械的中堅企業，雄二任職的公司和那家公司也有生意上的往來。

雄二遞上名片，前村也以生意人的表情說：「喔，原來你在那裡任職，謝謝平素的照顧。」

他又拿起一旁的紙袋，遞給雄二說：「一點小意思，不成敬意。」雄二看向紙袋內，發現裡面是知名百貨公司包裝的禮盒。

「謝謝。」

雄二認為不需要客氣，這種程度的慰問是理所當然的事。

為了避免對方掌握主導權，雄二面無表情地從上衣內側口袋中拿出了信封。

「這是這次的修理費用。」

前村再度挺直身體說：

「借我看一下。」

前村用恭敬的動作拿起信封，從信封中拿出了修理估價單。雄二觀察著他的表情，發現並沒有太大的變化。

「……十萬圓嗎？」

前村嘆著氣。

「修車廠在仔細檢查後，發現損傷的情況比原本預計的更加嚴重，很多零件都不得不更換，結果就差不多是這樣的金額。」

雄二在說明時聽起來像在辯解，因為他內心有點心虛。如果只針對這次擦撞的部分修理，只要五、六萬圓就可以搞定，但在前村主動打電話給雄二後，雄二立刻聯絡修理廠，要求把之前就覺得有問題的部分也一起處理，所以估價單中也包含了這部分的費用。

原本以為前村會表達不滿，沒想到他點頭表示接受。

「這樣啊，老實說，這個金額比我想像中少，原本以為修理費用會更高，我明天就會馬上匯錢。」

「你會向保險公司申請理賠嗎？」

「不，這點金額不向保險公司申請比較好，不瞞你說，至今為止，我開車一直都不曾發生過任何車禍，也沒有違反交通規則的紀錄，所以保險費的折扣率也是最高等級。如果這次向保險公司申請理賠，明年開始就沒有折扣了。」

也就是說，前村會自掏腰包支付這次的修理費用。雄二內心鬆了一口氣。雖然不太可能，但萬一保險公司挑剔修理內容就很麻煩。

「既然你從來沒有發生過車禍，也沒有違反交通規則的紀錄，為什麼撞了車之後逃逸呢？」

雄二說完後，喝了一口咖啡。他看到對方輕易接受自己的要求，內心鬆了一口氣。

「撞車之後逃逸……嗯，說起來的確算是這麼一回事。」

前村揉揉臉，也許他覺得被當成罪犯，心裡很不舒服。

「總之，那天早上我在趕時間，原本走那條路想要抄捷徑，但那條路太狹窄了，我想從你那輛車旁開過去時，不小心擦撞到了。尤其那天下著大雪，輪胎打滑，如果路稍微寬一點就沒問題了，但一旦有車子停在那裡，就根本沒辦法過去。」

前村似乎在說，你把車子停在那裡也有責任。雄二單側臉頰抽搐了一下，毫不掩飾內心的不悅說：

「我只是稍微停一下而已。」

前村立刻縮著身體說：

「是，我知道，誰都會臨時停一下車，你當然沒有過錯。只是該怎麼說，我認為必須盡早改善目前的道路狀況。」

雄二喝完咖啡，覺得眼前這個男人說話不乾不脆，聽了很不耐煩。既然他已經收下估價單，就沒必要一直留在這裡。

「請你趕快把修車費匯給我，那我就先告辭了。」

他沒有拿帳單就直接起身，聽到前村在他背後說：

「那就後會有期。」

雄二停下腳步，但又立刻邁開步伐。後會有期？我這輩子應該都不會再見到你了——他把這句話吞了下去。

回家之後，他打開前村送他的禮物，發現是一瓶高級白蘭地。當天晚上他就喝掉三分之一。真是好喝。

3

一個星期後，雄二又再次遇到了前村。雄二搭電車回家時，前村主動向他打招呼，而且還在擠滿人的電車上撥開其他乘客，擠到雄二的面前。

「上次真的很對不起。」

他緊抓著吊環，被擠得扭著身體，向雄二打招呼。

「不，哪裡哪裡。你平時也搭這班電車嗎？」

「不，今天去和老主顧談生意，準備要回去。沒想到這麼巧啊。」

「是啊……」

雖然雄二腦海中閃過到底是不是真的巧合這個疑問，但立刻甩開了這種想法。因為考慮到彼此的處境，對方應該更不想遇到自己。

「你的車子之後有什麼問題嗎？」

「託你的福，車子的狀況很不錯。」

「是嗎？那真是太好了。我發現保險桿也有問題，真的很抱歉。」

雄二不置可否地點點頭。前村可能是聽修理廠的人說也修了保險桿。雖然的確有問題，但並不是這次擦撞造成的，而是之前撞到的。不知道前村是否發現這件事。他既像是明明知道，卻故意裝傻，又像是完全不知道。雄二覺得這個人有點讓人難以捉摸。

「佐原先生，你要在下一站換車吧？」

兩個人沉默片刻後，前村主動問他。雄二回答說沒錯，他開心地瞇起眼睛問：

「要不要一起喝杯咖啡？」

「不，我等一下還有其他事。」

雄二當然在說謊。和這種男人一起喝咖啡，根本毫無樂趣。

「是嗎？那真是太可惜了。」

前村很乾脆地放棄了。

那天晚上，雄二接到尚美的電話。車子順利修好，他們也和好如初。她問雄二，接下來的三天連假有什麼打算。

「帶我去滑雪嘛，去附近的滑雪場就好。」

「我不是之前就告訴妳沒辦法嗎？即使現在預約，飯店也早就被訂光了。」

雄二皺起眉頭。尚美最近剛開始學滑雪。上次他們一起去滑雪時，雄二教她之後，她進步不少，所以最近迷上滑雪。

「有沒有什麼別人不知道的私房景點？不見得要去知名的滑雪場。」

「妳不要說得那麼輕鬆，大家都在找這種地方。如果要去，只能當天來回了，而且必須早起，還會在高速公路上塞車，到了滑雪場，也會像擠通勤電車一樣，排隊坐纜車就要等一個小時。」

「不要只說這些讓我失望的話，你要想想辦法啊。」

「我會努力試看看，但我想希望不大。」

雖然雄二這麼說，但他根本不想努力。因為絕對是浪費時間。

「對了，我最近常常覺得很不對勁，你有沒有這種感覺？」

「什麼不對勁？」

雄二有點驚訝地問，尚美有時候會這樣突然改變話題。

「我不知道該怎麼說，總覺得有人在看我。」

「妳公司的那些男人當然都在看妳啊，所以我說不要穿太短的裙子。」

「才不是呢！我不會穿短裙去公司，但的確有人在監視我，這是我的直覺。」

「是喔。」

這叫自我感覺良好。雄二沒有把這句話說出口。

「我從來沒有這種感覺，因為我們公司沒什麼女生。」

「但我覺得你會去偷看女生。算了，這不重要，總之，滑雪的事你去想辦法。」

她又突然把話題轉回滑雪。雄二為她打了預防針，叫她不要抱太大的希望。

4

隔天下班的路上又遇到前村。和昨天一樣是在電車上遇到。雄二起初假裝沒有看到他，但他連聲向雄二打招呼，雄二也就無法不理他了。

「沒想到又遇到了。你平時都搭這班電車嗎？」

「是啊，你今天也是去和客戶談生意嗎？」

「沒錯，去和老主顧談生意。」

雄二心想，他說的話和昨天一樣，然後看著手上拿的報紙，希望前村知難而退。

但是，在雄二準備換車時，前村又像昨天一樣邀他去喝咖啡。雄二也和昨天一樣拒絕他，但前村今天並沒有輕言放棄。

「只佔用你一點時間也不行嗎？因為我有一件小事想拜託你。」

「拜託我？」雄二露出警戒的眼神看著眼前這個矮小的男人，「什麼事？」

「你是不是會滑雪？」

「嗯，偶爾會去……」

他怎麼會知道？雄二露出懷疑的眼神看著他，前村露出討好的笑容說：

「你的車子上不是有滑雪板架嗎？所以我才會知道。」

「喔，原來是這樣。」

「今年的滑雪季，你也打算去滑雪嗎？」

「雖然想去，但還沒有安排……」

「這樣啊。如果是這樣，可不可以請你去住我家的別墅？我就是想拜託你這件事。」

雄二換了另一隻手握住吊環，正視著前村的臉。

「你要我去住你的別墅？」

「是的，因為有些狀況。怎麼樣？你願意聽我說說看嗎？」

前村在說這句話時，電車已經到站。在車門打開之前，雄二對他說：

「那就稍微聊一下。」

前村露出潔白的牙齒笑了。

他們一起走進車站前只有吧檯座位的咖啡店。前村向雄二介紹了他家位在信州的別墅。那棟別墅似乎是他的叔叔，也就是前村製作所董事長名下的產業。

「不瞞你說，所有的親戚都會一起去那棟別墅玩，但有一件令人擔心的事。就是別墅已經好幾個月沒有人住，不知道房子內的情況到底怎麼樣了。雖然應該不至於太嚴重，但仍然有點不安，於是就想到在這次聚會之前，如果可以找人去住兩三天，讓房子透透氣比較好。我正在尋找適當的人選。」

「也就是要找人幫房子透氣除臭，對不對？」

「我知道拜託你這種事很失禮，但我遲遲找不到適當的人選。」前村說完，把手放在腦後，又繼續說道：「但是，那裡的地點很不錯，開車的話，只要二十分鐘就可以到滑雪場。那一帶並不是別墅區，所以周圍沒有其他人，環境很安靜。」

「不過地點很遠，光是開車過去就很辛苦。」

雄二決定表現出猶豫不決的態度，但在內心開始盤算，覺得這提議似乎很不錯。

「可不可以請你考慮一下？你隨時都可以去住，對，只要在這兩個星期以內，隨時都可以。」

剛好可以利用三天連假去那裡，就看尚美願不願意。

「好，既然你這麼說，我就考慮看看，只是未必能夠如你的願。」

「拜託你了。」

前村站起來，向他鞠躬。

雄二回家後，打電話告訴尚美，她比雄二想像中更加高興。

「真是太幸運了，能夠住別墅，還能夠去滑雪，簡直就像在做夢。這次你的車子被撞到還真幸運。」

「那我可以答應他嗎？」

「當然啊，你趕快答應他，否則拖拖拉拉被別人搶先，就會懊惱死了。」

「雖然應該不會有這種事，不過我馬上回覆他。」

雄二掛上電話後，立刻打電話去前村家。鈴聲響了七次後，前村接起了電話。雄二忍不住納悶，難道他沒有其他家人嗎？

當雄二回答說，可以去住他家的別墅時，前村發出鬆了一口氣的聲音簡直有點誇張。

「太好了，我還在擔心，萬一你拒絕的話怎麼辦。」

「你人脈一定很廣，不怕找不到人。」

「不，我無論如何都希望你去住，真的太好了。」

前村說，詳細情況過幾天後會通知他，雄二回答說，會等他的聯絡，然後就掛上電話。這時，他內心突然有一種不祥的預感。

我無論如何都希望你去住——這句話讓他耿耿於懷。

「我想太多了。」

雄二刻意哼著歡快的歌，把這種奇怪的想法趕出腦海。

5

三天連假的第一天放晴，是開車出遊的好日子。雖然沿途塞車，但想到接下來的快樂，就覺得先苦後甘很值得。平時很愛抱怨的尚美，今天也心情愉快地更換汽車音響的錄音帶。

下了中央高速公路後，就沿著國道北上。看著前村給他的地圖行駛了兩個小時左右，看到一片白雪皚皚的景象。

「好美喔，終於有來滑雪的感覺了。」

尚美越來越興奮。

起初在沿途不時看到其他滑雪客的車子和遊覽車，不一會兒，只有雄二他們的車子離開了主要道路。前村家的別墅離俗氣的觀光區有一段距離，這讓雄二和尚美有一種優越感。

道路越來越狹窄，然後變成蜿蜒曲折的山路，有些地方甚至沒有護欄。雖然雄二很常在雪地開車，但還是格外小心謹慎。

「這裡好危險，你沒有走錯路嗎？」尚美不安地問道。

「別擔心，這裡根本沒有其他路可以走錯，而且他給我的地圖上不是也寫著，會有一段狹窄的路嗎？」

沿著山路繼續往上走，出現了一條Y字路。他們根據地圖駛入這條路，穿越樹林後，前方闢出一片平地，一棟北歐風格的別墅出現在眼前。

他們把車子停在寬敞的空地上，一起把行李搬下車。這棟別墅豪華氣派，的確很適合家族聚會。尚美也不停地說著「好美喔」。

雄二四處打量一下。聽說有管理員會定期來察看，今天也會來這裡，把鑰匙交給他們。

「的確已經有人來了。」

尚美看著停車場說道。那裡有一輛豐田的Land Cruiser休旅車。

他們等了十五分鐘左右，遠處傳來汽車引擎聲。回頭一看，一輛豐田的Hilux貨卡車駛了進來。車子停下後，一個男人從駕駛座探出頭。

「啊呀，不好意思，讓你們久等了。」

前村露出親切的笑容。

前村說，他們可以自由使用別墅內的所有房間。尚美選了二樓南側的臥室，裡面有兩張雙人床，還附有廁所和淋浴間。

「我覺得有點奇怪，為什麼前村特地來這裡？」

雄二坐在床上說道。

「他不是說，管理員剛好在忙啊。」

「如果是這樣，只要派其他人送過來不就好了嗎？前村根本不需要親自跑一趟。」

「可能為了表達誠意吧。」

「誠意喔……」

雄二心裡覺得有點毛毛的。這次的事從一開始就有點不太對勁。

「那人真的明天早上就會離開嗎？如果他賴著不走，難得的別墅生活就被毀了。」

「這是他家的別墅，怎麼可以說他賴著不走？但他既然說明天一早就會離開，應該不會變卦吧。」

「希望如此。」

尚美露出憂鬱的表情時，外面傳來引擎聲。雄二站在窗邊往下看，發現一輛輕型四輪驅動車駛進來，前村從駕駛座下來。

「好奇怪，他剛才不是開那輛Land Cruiser出門嗎？」

「啊，那輛輕型車……」尚美走到雄二的身邊，「剛才就停在我們來這裡的路上。」

「妳這麼一說，我好像剛才也看到過。」

前村搓著手走向玄關，雪地上留下他的腳印。

「我有一個疑問。」

「什麼疑問？」

「滑雪場真的就在這附近嗎？我不太瞭解這裡的地理環境，所以不是很清楚，但剛才來這裡的路上，沒有看到附近有看起來像滑雪場的地方。」

「怎麼可能？這件事應該沒問題，因為我們要去滑雪，所以他才借我們住在這裡啊。」

「這我知道……」

這時，響起了敲門聲。雄二回答後，門打開了，前村一臉戰戰兢兢地探頭進來。

「我想在準備晚餐的同時，向你們介紹一下廚房的使用方法。」

「喔，好啊。」

尚美走出臥室。前村說今天晚上要親手做菜給他們吃。

雄二有一種不舒服的感覺，好像整個胃都揪起來。他再度看向窗外，發現前村剛才開進來的車子就停在正下方。

他把那輛 Land Cruiser 開去哪裡了？

6

前村的廚藝很不錯，還為他們開了葡萄酒。第一道是開胃菜。

「你的廚藝太棒了，讓我大開眼界，簡直就像職業廚師。」

在廚房看前村做晚餐的尚美對他的手藝讚不絕口。

「我以前就喜歡下廚，也曾經跟法國主廚學過，但主廚說我沒有慧根，就不願再教我了。」

雖然他很謙虛，但語氣顯然對自己的專長很有自信。

「前村先生，你結婚了嗎？」

雄二問了一直很好奇的問題。前村拿著叉子的手停在那裡，直視著雄二的雙眼。

「我結婚了。」

「有沒有小孩？」

前村垂下了眼睛，然後再度看著雄二的臉說：

「不，沒有小孩。」

「原來是這樣。」

雄二低頭看著餐盤，把料理送進嘴裡。因為他很在意前村的眼神。

「所以，今天晚上，你太太一個人在家嗎？」

尚美問，前村停頓了一下後回答說：

「不是，我太太生病了，目前正在住院。」

雄二抬起了頭問：

「你太太哪裡不舒服嗎？」

前村沒有馬上回答，在杯裡倒了葡萄酒後，一口氣喝了半杯，然後伸出右手食指，指著自己的太陽穴說：

「這裡有問題。」

「啊？」雄二不禁驚呼。

「她的精神出了問題。我太太目前住在精神病院，她住院差不多已經兩個星期了。」

雄二無言以對，正在吃東西的尚美也停下手。

「我好像說了不合時宜的話，請兩位多吃點。」

前村為他們倒了酒。雄二喝了一大口葡萄酒後，再度低頭用餐。

「話說回來，真是羨慕你可以交到這麼漂亮的女朋友。你們應該打算結婚吧？」

前村似乎無意默默吃飯，雄二在無奈之下，只能低著頭回答說：「目前還不知道。」

「如果你們打算結婚，最好早一點，晚婚不好。如果不趁年輕時趕快生孩子，日後就會很辛苦。」

雄二抬起頭，前村點了好幾次頭。

「前村先生，你們是刻意不生孩子嗎？」尚美問。

前村笑著搖頭說：

「不是這樣，說起來，就是上天沒有賜予我們，也許上天認為我們不適合當父母。」

前村的話聽起來不像是向他人說明，更像在說服自己。

「冒昧請教一下，你很晚才結婚嗎？」尚美繼續問道。

「嗯，我三十四歲才結婚，以一般的標準來說，應該算是晚婚吧。」

「所以你才後悔，沒有趁年輕時生孩子嗎？」

雄二問，前村苦笑著搖頭說：

「這不是我們能決定的事，即使我和我太太年輕時結婚，應該也不會有孩子，我想表達的意思是，如果趁早生孩子，即使之後發生了不幸的事，也還有機會補救。」

「不幸的事？」

「我有一個朋友，他最近遭遇不幸。」

前村喝完杯中的酒，又拿起酒瓶倒滿，然後繼續說：「我那個朋友的孩子死了，他的孩子死了。」

雄二覺得胸口好像被刺到了。

「那個朋友也是晚婚，我記得和我差不多的歲數時才結婚，他和他太太遲遲沒有孩子，他們夫妻懷疑自己身體有問題，還一起去醫院做檢查。」

前村淡淡的說話聲傳遍了整個飯廳，雄二不禁納悶，他為什麼要說這件事。

「結果在第二年時，他太太突然懷孕了。他們夫妻欣喜若狂，他除了通知親戚，也打電話告訴我們這些朋友。我猜想他一定很高興，後來他太太生了一個兒子，長得很像他太太。這個兒子的生日是在十一月三日，剛好是文化節，隔年新年時，收到的賀年卡上有他們的全家福。」

前村露出凝望遠方的眼神。

「接下來的一兩年，那個男人身處幸福的巔峰。他在公司逐漸建立地位，回到家，就有妻兒在等著他。旁人也覺得他整個人充滿活力。」

前村說到這裡，表情突然變得陰鬱。「但是，正因為這樣，所以當兒子死了之後，他整個人一蹶不振，大家都擔心他是不是也會想不開。」

「他兒子怎麼會……」尚美語氣沉重地問。

「是意外，很愚蠢的原因，如果父母注意，完全可以防止這種事情發生。」

前村說話的語氣有點意興闌珊。

「當小孩子學會走路時，就必須特別注意他的行動。我朋友和他太太平時都很注意，那天剛好是年初，有許多客人來家裡拜年，所以一忙就沒有注意到孩子。」

年初就是指新年的時候。這件事又讓雄二的心一沉。

「他掉進浴缸了。」

前村加強語氣說道，好像要把壓抑在內心的東西一吐為快。

「那個孩子以前從來沒有走去浴室，所以他的父母也大意了。但是，在照顧孩子時千萬不能掉以輕心，即使事後懊惱，為什麼偏偏那天沒有注意到，也為時已晚。母親發現孩子不見，但過了很久之後，才在浴室找到兒子。孩子已經渾身癱軟，即使搖他，也沒有任何反應。他的父母慌忙帶他去醫院，但還是晚了一步。」

前村握起了放在桌上的雙手，雄二看到他的手微微顫抖著。

「那是一起令人後悔莫及的意外，只能說是父母的疏失。那個父親……也就是我的朋友責怪他太太。遇到這種事時，男人都很自私，認為全都是母親沒有照顧好孩子。如果太太也很凶，就會反駁，夫妻兩人相互推卸責任。但他太太是一個溫柔、脆弱的人，除了承受失去愛子的打擊，還被丈夫責怪，承受了巨大的壓力。不久之後，她就陷入嚴重的憂鬱中，不得不住院治療。」

「啊！」尚美在一旁驚叫起來。雄二放下刀叉，凝視著繼續說故事的男人。

「雖然意外的原因是父母的疏失，但除此以外，還有一件倒楣事。根據醫生的說明，如果再早三十分鐘，不，只要早十五分鐘送去醫院，或許就有辦法把孩子救回來，但如果他們沒有遇到那件倒楣事，也許可以更早把孩子送到醫院。」

「是什麼倒楣事？」尚美戰戰兢兢地開口問道。

前村挺直身體，輪流看著他們兩人，用力深呼吸後說：

「就是平時可以通行的路，那天剛好沒辦法通行。」

雄二感覺到心臟用力跳了一下。

「在送去急診最短路線的途中，有一處路面有點狹窄。雖然有點狹窄，但還是可以讓一輛車子輕鬆通行。沒想到那天偏偏在路旁停了另一輛車子，那個朋友開進口車，車身比較寬，無法從那輛車子旁邊擠過去。雖然他按了喇叭，但是沒有人出來移車。」

雄二確信前村在說自己的事。他為了說這件事，特地把雄二和尚美找來這裡。

「結果，他只能一路倒車。在那條狹窄的路上倒車不易，結果浪費了很多時間。他忍不住懊惱，如果沒有那輛車停在路旁，或許就不會有今天的結果。」

「但這不是有點奇怪嗎？」

雄二決定反擊。他認為沒必要默默聽前村說話。前村挑了一下眉毛說：「喔？哪裡奇怪？」

「那不是新年期間的事嗎？既然這樣，就不該走捷徑，一開始走大馬路不就好了嗎？新年期間，所有的道路都沒什麼車子，那個把車子停在路旁的人，也是覺得新年期間，不會有人走那種小路，才會把車子停在那裡。」

「原來如此，原來還有這種想法。只不過任何狀況都可能隨時發生變化，那個朋友原本也打算走大馬路，但那時候大馬路上剛好塞車。」

「新年期間塞車？難以相信有這種事。」

「千真萬確。因為從前一晚到清晨下了一場破紀錄的大雪，連續發生多起車禍。即使路上的車輛再少，因為車禍導致道路被堵住，還是沒辦法通行。」

雄二倒吸了一口氣。因為他記得那天從派出所來的員警也曾經說，那天早上車禍頻傳，所以交通課的人都忙不過來。

「那不是應該叫救護車嗎？如果叫救護車，就可以更早趕到醫院。」

尚美插嘴說。她應該也已經察覺了前村說那些話的意思。

前村冷笑一聲說：

「身為父母，在當時的情境下都無法等到救護車上門，而且即使搭了救護車，也可能遭到許多醫院拒收，所以當時把孩子送去熟悉醫院的舉動並沒有錯。」

「但是……」尚美只說了這兩個字，就無法繼續說下去了。

沉重的沉默籠罩了他們三人，沒有人再進食了。

「誰都會這麼做啊，」雄二說，「誰都會把車子停在馬路旁啊。」

「對，沒錯，誰都會把車子停在路旁，遇到警察取締都覺得很煩，每個人都覺得路旁停車根本沒有問題。即使被貼上違規的貼紙，也若無其事把貼紙撕掉。有些人明明沒有車庫，卻買了很大的車子，只能說簡直是瘋了。」

「說這種話的人，應該也曾經違規停車。」雄二撇著嘴說道。

前村挺起胸膛說：

「那我就把話說清楚，據記憶所及，那個孩子的父親從來沒有違規過，當然也不曾違規停車，正因為這樣，所以就更加痛恨那些神經大條的人，明知道造成了他人的困擾，仍然覺得『只是停一下有什麼關係』。」

他深呼吸後繼續說道：「而且恨不得殺了那種人。」

雄二看著前村的臉，伸手去拿酒杯。他感到口乾舌燥，但是，他顫抖的手指碰倒杯子，葡萄酒灑在白色的桌布上。

7

一回到房間，雄二立刻叫尚美收拾東西。他決定馬上離開這裡。

「明天早上再走不行嗎？」

「不行，他一定有什麼計謀，要為他的兒子報仇。」

雄二打開行李袋，把衣物塞進去。

「我們只是把車子停在路旁，他為什麼要找我們報仇？」

「這些話妳去對他說啊。他認定是我們害死了他的兒子，所以才會設計我們來這裡。他可能雇用了偵探，知道我們想去滑雪。妳之前不是說，一直覺得有人在看妳嗎？」

「果然不是我的心理作用，但是，他到底想幹什麼？」

「不知道，也不想知道。總之，如果妳不想死，我們要趕快閃人。我可沒有在開玩笑。」

「真的不是開玩笑！」

尚美嘟起嘴，帶著快哭出來的表情整理行李。

十一點多時，他們走出臥室，躡手躡腳地下樓。前村的房間就在飯廳旁，經過他的房門口時，雄二把耳朵貼在他的房門口，裡面沒有任何動靜。

他們快步走向玄關，打開門鎖，走了出去。冰冷的空氣吹向全身，手腳都不禁顫抖。

「好冷，你趕快把車門打開。」

「好，我知道。」

坐上車之後，立刻發動了引擎。這麼冷的天氣需要熱車，但即使被前村聽到了引擎聲音也無所謂，如果他想要做什麼，只要把車子開出去，甩開他就行了。

雄二看著引擎的轉速逐漸穩定，思考著前村為什麼選擇這裡。是因為需要找一個荒無人煙的地方報仇嗎？雄二想起他曾經說，目前這個季節，不會有其他車輛經過來時路，也就是說，完全成為一個密閉空間。

「快，我們要逃離這裡。」

雄二鬆開手煞車。

他緩緩地沿著白天開上來的路往回走。兩個人都沒有說話。尚美托著臉頰，注視著車頭燈照亮的前方。

「妳放點音樂，完全沒有聲音感覺毛毛的。」

雄二說，尚美懶洋洋地把手邊的錄音帶放進汽車音響。汽車喇叭中傳來白天已經聽膩的音樂。

「你聽我說，」尚美說，「從客觀的角度來看，的確是我們的錯。」

真是哪壺不開提哪壺。雄二忍不住想要咂嘴。他並不覺得自己沒有錯，但問題沒這麼嚴重。

「只是剛好而已，」他說，「這個世界上違規停車的情況多如牛毛，只是我們剛好遇到了像前村那種男人，是我們不幸，只是運氣不好而已。」

「對耶，他也說自己很不幸，剛好遇到那條路上停了車子……」

「妳別說這種話。」

雄二尖聲說道，尚美就像牡蠣一樣閉上嘴，車內再度陷入令人窒息的沉默。

離開別墅大約十分鐘左右，眼前出現黑色的東西。雄二在黑色的東西前踩了煞車。靠山的那一側停著一輛很大的車子。

「啊！」尚美輕聲叫了起來，「就是那輛 Land Cruiser。」

「好像是。」

那輛車子把狹窄的道路擋住了一半，難以判斷雄二的車子能不能擠過去，而且另一側沒有護欄，可以稱為懸崖的陡坡下是一片伸手不見五指的漆黑。

「原來是這麼一回事，原來他就是想玩這一招。」

「你為什麼一個人在那裡恍然大悟的樣子，感覺好可怕。」

「那個傢伙預料到我們會半夜逃走，應該說，他故意設計我們在半夜逃走，然後把 Land Cruiser 停在這裡，讓我們知道在路邊停車是讓人頭痛的問題。」

尚美聽了雄二的說明，張大嘴。

「莫名其妙，他就是為了這個目的，把我們騙來這裡嗎？又不是小孩子，我們當然知道他想要說什麼。」

「但是，目前還真的很傷腦筋，在路旁隨便停車的確很讓人頭痛。」

「怎麼辦？我們要回去嗎？」

「別傻了，我才不要回去。沒關係，看我的。」

雄二轉動方向盤，慢慢踩下油門。

「真的可以嗎？」尚美一臉擔心。

「相信我的開車技術，應該可以勉強通過，即使稍微擦撞到Land Cruiser也無所謂。」

雄二把車子慢慢開過去。狹窄的路面真的只能讓車子勉強通過，後視鏡撞到Land Cruiser，他從車窗伸手把後視鏡收起來。

「小心點，這裡已經完全沒有空間了。」

尚美隔著車窗看向下方，小聲地說。

「我知道，只要慢慢開，就可以擠過去。」

雄二說這句話時，隨著一聲輕微的撞擊聲，車身立刻向左傾斜。尚美尖叫起來。

「喂，怎麼回事？」

「我也不知道啊。」

「妳把車窗打開，看一下是什麼狀況。」

尚美打開電動車窗，膽戰心驚地探出頭，下一剎那，她瞪大眼睛。

「不好了，懸崖坍塌，後車輪掉出去了。」

「妳說什麼？」

雄二渾身都冒著汗，用力握緊方向盤，小心翼翼地繼續往前開。這輛車是前輪驅動。

「啊，不行，你不能再開了。」尚美叫了起來，「前面也快要坍塌了。你隨便亂動，前輪也會掉下去，不能再往右邊了嗎？」

「不行，被Land Cruiser擋住了。」

雄二停下車，拉起手煞車。就在這時，車身再度向左傾斜。山路正在坍塌。

「怎麼辦？如果停在這裡，搞不好整輛車都會墜落山谷。」

「妳不要煩我，我正在思考。」

雄二雖然大聲怒斥，但其實他也沒有什麼好主意。因為後輪已經懸空，所以無法倒車，但如果繼續前進，前輪也很危險。他很想打開車門走出去，但右側被Land Cruiser擋住了，左側又是懸崖。

「你想不到什麼好方法嗎？」

尚美搖晃著雄二的肩膀，雄二甩開她的手。

「不要亂動，這樣車子不是會晃動嗎？」

「但是……」

尚美捂住臉。

雄二想不出任何解決方案，只能停在原地。會有人來這裡嗎？但前村說，幾乎不會有人走這條路。

「前村應該會來這裡，我們就在這裡等。」

「他會救我們嗎？」尚美小聲嘀咕著，「他恨死我們了。」

「不救也得救啊，他回家也要經過這裡。」

雄二說到這裡，倒吸一口氣。尚美也臉色發白。

原來是這麼一回事。雄二終於瞭解前村真正的目的。眼前的狀況就是前村設計的，懸崖坍塌不是偶然，他事先動了手腳，讓雄二他們經過時就會坍塌，然後所有的一切都按照他的計畫進行，唯一的失算，就是雄二的車子還沒有墜落懸崖，還勉強停留在原地。

「他剛才說想殺了我們，恨不得殺了我們——」

「妳閉嘴，少廢話。」

雄二握著方向盤的手被汗水濕透了。他想要吞口水，但口乾舌燥。

這時，他從後視鏡看到後方有燈光靠近。回頭一看，遠光燈的燈光在數公尺後方停下。駕駛座旁的門打開了，前村走下車。他站在雄二的車子後方，微微彎著腰，似乎想瞭解目前的狀況。

他觀察片刻後，從Land Cruiser的另一側繞到雄二他們的前方。在車頭燈的燈光下，前村的臉就像能面面具般完全沒有表情。他的一雙小眼睛看著雄二和尚美。

尚美在一旁呻吟般說道，但他應該沒有聽到。

「救命，求求你……」

他看著他們好幾秒鐘，雄二覺得他的眼神就像是蜘蛛看著落入蜘蛛網的獵物，正在思考該怎麼處置。事實上，他的確可以隨心所欲地處置他們，只要從側面輕輕推一下就搞定，而且工具——前一刻發揮了擋住山路作用的工具——就在旁邊。

不一會兒，前村採取了行動。他坐上Land Cruiser。雄二聽到喀答喀答的聲音，當他回過神時，才發現是自己的牙齒發出的聲音。尚美也在發抖，他們兩個人都無法發出叫聲。

Land Cruiser引擎聲響起，雄二他們的車立刻更加傾斜。雄二用力閉上眼睛。

他聽到輪胎發出壓在雪地上的聲音。Land Cruiser似乎駛到前面，然後停下來，但前村遲遲沒有下一個行動。

他到底打算幹什麼？雄二不禁想，難道想倒車把我們撞下去嗎？雄二覺得已經過了很久，但他沒有勇氣睜開眼睛。

這時，他感受到一陣強烈的衝擊。身旁的尚美尖叫起來，雄二更加用力閉緊眼睛。

但是，他發現車子並沒有掉下懸崖，反而好像被慢慢往前拉。他膽戰心驚地睜開眼睛。

他看到Land Cruiser就在前方，車子後方有一根繩子，綁住雄二的車。

當雄二的車子被拉回山路中央時，前村下了車。他沒看雄二他們一眼，就只是解開繩子，再度坐上Land Cruiser，沿著山路往下開。

雄二陷入茫然，完全不知道剛才發生了什麼事，只知道自己已經平安無事了。

「我們趕快走吧。」

尚美說，但她也一臉恍惚。

「好，我們走吧。」

雄二踩下油門。

車子行駛數百公尺後，發現Land Cruiser停在左側路旁。這裡的路很寬，可以輕鬆從Land Cruiser旁駛過去。

雄二有點緊張地超越Land Cruiser，他以為還會發生什麼事，但即使經過Land Cruiser旁，也沒有發生任何事。尚美也在一旁鬆了一口氣。

雄二從後視鏡中觀察前村，但光線太暗，看不清楚，只知道前村一動也不動地坐在駕駛座上。

雄二踩了煞車，停下車。

「怎麼了？」尚美問。

「等我一下。」

雄二下車走向Land Cruiser。前村沒有看他，一直閉著眼睛。

「呃，前村先生……」

雄二叫了一聲，但前村沒有反應，雄二繼續說道：「很……對不起，我為把車子停在路旁這件事向你道歉。」

前村仍然沒有動，幾十秒後，他閉著眼睛說：

「你……趕快走吧。」

雄二向他鞠躬，回到車上。尚美問他剛才去幹什麼，他回答說「沒什麼」。

雄二握著方向盤，開著車子。蜿蜒曲折的白色道路出現在黑暗中，他覺得這條路好像沒有盡頭。

不要亂丟垃圾

1

打完高爾夫後，車子從御殿場進入了東名高速公路。

「所以你有什麼打算？」

坐在副駕駛座上的春美放下正在喝的罐裝咖啡問道。

「我也不知道該怎麼辦，所以很傷腦筋。」

齋藤和久看著前方，撇撇嘴角說道。

「你太太已經知道我了，對不對？」

和久聽了春美的問題，冷笑一聲說：

「就是因為知道，所以才提出要和我離婚啊。」

「對喔，那如果你們離婚，會怎麼樣？你什麼都分不到嗎？」

「當然啊，是我有錯在先，搞不好她還會向我索取精神賠償，雖然她比任何人都清楚我根本沒錢可賠。」

「是喔。」

春美又喝了一口咖啡，「如果你離婚，我當然很高興，但完全分不到你太太的財產也很不甘心。」

「哪是不甘心而已，老實說，我到時候會身無分文，因為我是她公司的員工。」

這輛車子也是她的——齋藤輕輕拍著Volvo的方向盤嘀咕道。

「所以，你也沒有錢給我了嗎？」

「當然啊，因為我自己也沒錢了。」

「真是傷腦筋。」

「所以我才這麼說啊。」

齋藤看著前方，伸出右手，從春美的手上搶過咖啡，一口氣喝完。已經不冰的甜味液體流進喉嚨。

「要想辦法解決這件事，她可能已經著手準備離婚了，我必須想出好辦法，先下手為強。」

他斜斜瞥了春美一眼說：「妳也會幫我吧？」

春美露出一絲困惑的表情後，語帶遲疑地回答：

「只要是我辦得到的事，我會盡力幫你。」

「真的嗎？妳可別忘了自己答應的事。」

齋藤說完，把空罐往窗外一丟。

2

深澤伸一看到有什麼東西從前方的車子丟出來，隨即聽到身旁響起了沉悶的聲音，同時聽到田村真智子「啊！」地慘叫一聲。

深澤瞥了身旁一眼，立刻大吃一驚。真智子捂著左眼。

「好痛，好痛，我好痛！」

她哭喊起來。深澤慌忙把車子停在路肩。

「妳怎麼了？」

「不知道，我好痛，痛死我了。伸一，救命，救命啊。」

真智子仍然捂著左眼，深澤原本想把她的手移開，察看究竟，但立刻打消這個念頭。因為他看到鮮血從她的指縫流下。

「我馬上帶妳去醫院。」

深澤立刻把車子開出去。

他在下一個交流道下了高速公路，去加油站問了附近醫院的位置，然後一口氣趕到醫院。加油站的人看到坐在副駕駛座上的真智子，也大吃一驚。

好不容易找到了醫院，才發現是一家小型醫院。醫生看了真智子的傷勢，立刻為他們聯絡了本地的大學附屬醫院。深澤又開車載著真智子前往數公里以外的大學附屬醫院。真智子太痛了，沿途都沒有說話。

多虧有那位醫生幫忙聯絡，他們一到醫院，護理人員就立刻把真智子送進治療室。護理師問，到底發生了什麼狀況，深澤也搞不清楚是什麼狀況。

在等待治療期間，深澤想起必須和真智子的老家聯絡，於是走去公用電話，但不知道該怎麼開口，拿著話筒愣在那裡。

他才剛和真智子的父母辭別。

深澤今天去拜訪真智子的父母，正式請他們同意他和真智子結婚。

真智子的父母之前就知道他們在交往，所以並沒有因此感到落寞，反而帶著安心接受深澤的請求。真智子的母親始終面帶笑容，她的父親說想趕快抱孫子。

「我女兒很不懂事，就拜託你好好照顧她。」

這是臨別時，真智子的母親說的話，真智子好強地反駁說：

「不要把我說得像小孩子一樣，我從小到大，從來沒有讓你們擔心過。」

即使她這麼說，她的母親仍然滿面笑容地送他們到門口。

——從小到大，都沒有讓父母擔心過嗎？

也許這次的事會成為真智子的父母最擔心的事。深澤深呼吸一口，拿起話筒。

結束那通沉重的電話後，深澤走出醫院，前往停車場。他想去調查一下為什麼會發生這種事。他真的完全不清楚發生了什麼事。真智子的母親在電話中一再問他，他只能回答似乎是有什麼東西打到真智子的眼睛。

深澤打開副駕駛座旁的車門後打量一下，立刻發現掉在腳下的那樣東西。

原來是咖啡空罐。

這罐咖啡明顯不是他們喝的，因為深澤和真智子都不喜歡喝罐裝咖啡。

這時，深澤想起了意外發生之前的景象。行駛在前面的車輛似乎丟了什麼東西。一定就是這個空罐。

「王八蛋！」

深澤內心湧起強烈的憤怒，正準備伸手撿起空罐丟掉，在差一點碰到空罐時，把手縮回來。這是重要的證物，應該不能沾到自己的指紋。他環顧車內，找到一個掉在地上的塑膠袋，把空罐裝進塑膠袋，並且小心翼翼地不要沾上自己的指紋。

——到底是什麼樣的傢伙幹的？

深澤是職業攝影師，經常在戶外拍攝，也會拍攝植物和野鳥，所以經常造訪各地的觀光景點和露營區，每次都為這些地方隨地亂丟了很多空罐感到驚訝，但他做夢也沒有想到，自己竟然會以這種方式受到亂丟空罐的危害。

深澤回到醫院後，再度站在公用電話前，打電話給本地的警察。但是，他才剛說到一半，接電話的警察就打斷他。原來轄區不同。發生意外的地點屬於另一個分局的轄區範圍。深澤問了那個分局的電話，對方很不耐煩地告訴他。

他撥打那支號碼，轉接到交通課後，再度感到失望。接電話的員警聽他說完後，意興闌珊地發表感想。

「很常見啦。」

「很常見？」

「經常有人亂丟空罐，真不知道那些傢伙在想什麼。」

「請問我該怎麼辦？只要在這裡等就好嗎？」

深澤對員警接到被害人報案電話，卻好像在閒聊一樣的態度感到心浮氣躁。

「嗯，這樣啊，」員警慢條斯理地回答，「光靠你提供的線索，很難查到對方的車子，即使幸運找到了，對方不承認，說自己根本沒有丟過空罐，也拿他沒轍。」

深澤陷入沉默，沒想到員警竟然說：

「今天發生了好幾起車禍，所以有點忙。不好意思，可不可以請你來分局一趟，做份筆錄？」

深澤立刻覺得算了，期待警察根本是緣木求魚，他們只對有明確加害人和被害人的案子有興趣，即使隨便亂丟的空罐造成人員受傷，他們也覺得當事人最好自認倒楣。

員警用『交差了事』的態度問了深澤的姓名和地址，深澤也以同樣的態度回答，但他已經不想去分局了，而且知道即使自己不去，警局也不會打電話關心。

他粗暴地掛上電話，回到治療室。護理師剛好把真智子推出來，真智子的半張臉都包著繃帶。

「你是送她來的人嗎？」

一個看起來像是主治醫師的男人問。這位瘦瘦的醫師看起來四十歲左右。深澤回答說：

「對。」醫師請他一起走去走廊的角落。

「傷勢比想像中更嚴重，到底是被什麼打到眼睛？」

「就是這個。」深澤出示手上的咖啡罐，「在高速公路上，從前面飛了過來。」

「這也太……」醫生皺起眉頭，搖了兩三次頭。「有時候的確有這種從車窗亂丟垃圾的智障，但我很少見過有人在高速公路上丟垃圾。」

「醫生，她的眼睛怎麼樣？」

醫師一度移開視線，然後又看著他。深澤立刻猜到，恐怕很不樂觀。

「因為傷口很深，」醫師說，「恐怕無法恢復視力了。」

「……這樣啊。」

深澤注視著塑膠袋內的空罐。反正不會送去警局了，他很想把空罐踩扁，但這次也忍住了。他滿腦子想著要怎麼向即將趕到的真智子父母說明這件事。

3

「你在開玩笑吧？」

春美瞪大眼睛凝視著齋藤的臉，但齋藤搖搖頭說：

「很可惜，現在已經沒有心情開玩笑，如果不趕快採取行動就來不及了。」

「但是，殺人也未免……」

春美咬著大拇指，身體微微顫抖著。「沒有其他更好的方法嗎？殺人……這種事不行啦。」

「那妳要和我分手嗎？」齋藤從床上坐了起來，「只要我和妳分手，然後向她下跪求饒，她也許會打消和我離婚的念頭。」

「我才不要。」春美緊緊抱住齋藤的身體，「我不要和你分手，這件事絕對不行。」

「對不對？既然這樣，不是就沒有其他方法了嗎？如果我被她趕出家門，也就無法為妳付這裡的房租了，妳應該也不願意吧。」

齋藤離開她的身體，拿起放在枕邊的香菸，叼了一支在嘴上點了火。

春美趴在床上不發一語，最後緩緩抬頭看著他。

「萬一被抓怎麼辦？」

「怎麼可能被抓？」齋藤說，「我會想出好辦法，絕對不會被抓。」

「你打算怎麼做？」

「要製造不在場證明，當然是假的不在場證明。」

齋藤把菸灰缸拿來，將菸灰彈進菸灰缸裡。「所以才需要妳協助我啊。妳不是說，什麼事都願意幫忙嗎？難道妳忘了？」

「我是沒忘記……」

「要妳幫忙的事很簡單，妳只要開車就好。」

「開車？」

「對，妳只要開我的那輛Volvo就好。」

齋藤穿好內褲下床，從電話桌上拿了紙筆過來。

「我和我老婆下個星期要去山中湖的別墅，他們這些別墅的主人每年都要聚會一次，相互炫耀彼此生意做得多成功，這種活動真是無聊透頂。我們在那一天也會假裝很恩愛。」

他在便條紙上方寫了『山中湖　齋藤和久　昌枝』幾個字。昌枝是齋藤的太太的名字。

「妳搭電車悄悄離開東京，當然是去我們的別墅，只要在傍晚之前到就行了。」

他又寫了『東京　春美』幾個字。

「搭電車？不是開車？」

「對，不能開車。」齋藤語氣堅定地說，「因為開車太引人注目，這麼一來，我的詭計就會破功。妳聽好了，妳到我們的別墅之後，悄悄躲進Volvo的後車廂裡。我會事先把車鑰匙交給妳，也會把別墅的後門打開。」

「後車廂？我才不要。」春美在床上扭著身體，「簡直就像被關在裡面，萬一我出不來怎麼辦？」

「妳放心，有我在。總之，妳先聽我說完。我會在傍晚時，帶我老婆去買東西，但其實並不是真的去買東西，而是要把她載到沒有人的深山，然後找機會殺了她。假設那裡是×地，等我把屍體放在×地之後，就會把後車廂打開。妳出來之後，就立刻把我老婆的衣服穿在身上，但除了穿她的上衣以外，還要戴上眼鏡和帽子。因為妳的身材和我老婆差不多，乍看之下分不清楚。扮裝結束後，妳就坐在駕駛座上，我坐在副駕駛座，然後開車回到別墅。那個時候，應該已經開始在鄰居的院子裡烤肉，妳把車子停在那裡。」

「把車子停在大家面前嗎？即使變了裝，別人也會發現吧？」

「妳不用擔心，雖然大家很熟，但一年只有見一次而已，而且天色很暗，更何況妳坐在車上，別人絕對認不出來。」

「那就好……之後要怎麼辦呢？」

「我一個人下車，妳再把車子開走，然後沿著原路回去。我告訴鄰居，我老婆忘了買東西，然後妳就去×地。」

「去放屍體的地方？我一個人去嗎？」

春美露出快哭出來的表情，齋藤在菸灰缸裡捺熄了香菸。

「只要稍微忍耐一下，沒什麼大不了。妳到那裡之後，只要把上衣、眼鏡那些穿戴回她身上就好。」

「不行，我沒辦法。」

春美露出絕望的表情用力搖頭。

「妳必須做，這點小事根本沒什麼大不了，妳就當作是為了我做這些事，拜託了。」

「因為……帽子和眼鏡也就罷了，衣服沒辦法。我之前在書上看到，屍體過了一段時間就會變硬。」

「那妳把上衣丟在車上就行了，這應該有辦法做到吧？」

齋藤雖然再三要求，春美仍然一臉憂鬱的表情。

「深夜單獨和屍體在一起，我一定會嚇死，根本沒辦法做任何事。」

「妳可以，妳是那種在緊要關頭就可以發揮實力的人。」

齋藤抓住她的肩膀，前後輕輕搖晃著。她痛苦地看著他問：

「接下來該怎麼辦？」

「妳再躲進後車廂。」

「又要躲進後車廂……」

春美皺著眉頭。

「那個時候，我就會開始嚷嚷，說我老婆出門買東西一直沒有回來。大家就會分頭去找，我會搭別人的車子前往×地，一旦發現Volvo，就會同時發現屍體，我就會請載我去的人報警。等那個人走遠之後，我會開著Volvo去附近的車站，讓躲在後車廂的妳出來。妳再若無其事地搭電車回東京就好。」

「那你接下來要怎麼辦？」

「當然就回去現場啊，如果有人比我先到那裡，我就說去找公用電話通知家人。」

「你的意思是，」春美舔舔嘴唇，「你會謊稱你太太一個人出門買東西，中途被人攻擊。你那個時候和別墅的鄰居在一起烤肉，所以有不在場證明。」

「就是這麼一回事。」

齋藤坐在床上，撫摸著春美的頭髮。

「但是，我沒有不在場證明啊。如果警察懷疑我，我要怎麼證明自己的清白？」

「警察不會懷疑妳。」齋藤樂觀地說，「目前只有我老婆知道我和妳的事，而且她自尊心很強，一定還沒有告訴其他人，所以即使她死了，也不會馬上懷疑到妳頭上，但是在事成之後，我們暫時不要見面比較好。而且，我在殺她的時候，打算用女人的力氣沒辦法做到的方法，所以即使警察知道有妳這個人存在，也不會把妳列入懷疑的對象。」

春美聽了他的說明之後，臉上仍然帶著鬱悶的表情。齋藤知道，她還無法下定決心。

「其實，我還想到一件事。」他再度開了口，「為了以防萬一，也同時可以為妳製造不在場證明。」

「我的不在場證明？要怎麼製造？」

「其實很簡單，就是使用電話。首先，我打電話去妳店裡，問店裡的人，妳在不在？對方當然會回答，妳當天休息，然後我就掛上電話。」

「然後呢？」

「接著，妳再用行動電話打電話到店裡。雖然妳當時在別墅那裡，但謊稱在家裡，然後對店裡的人說，妳剛才接到一個奇怪男人的電話，問那個人有沒有打電話去店裡。店裡的人一定會說，接到了這樣的電話，妳就用很厭煩的聲音說，有一個男人糾纏不清，讓妳很傷腦筋，再掛上電話。這麼一來，別人就覺得妳在自己家裡，妳不就有了不在場證明嗎？」

春美陷入沉思，可能在腦海中整理齋藤說的話，然後小聲地問：

「會成功嗎？」

齋藤鑽進被子，摟著她的肩膀說：

「我保證，一定會成功。」

「但是……我好害怕。」

她又微微顫抖起來。

4

我記得那輛車是Volvo，而且是從御殿場上了東名高速公路——這是深澤伸一對當時開在自己前面那輛白色車子的唯一記憶。

除此以外，沒有任何線索。光靠這些資訊根本不可能找到砸傷真智子的凶手。

——如果線索多一點就好了。

深澤前往田村真智子老家的路上，忍不住嘆著氣。真智子在意外發生的兩天後已經出院了，目前正在老家靜養。

原本他打算明天來看真智子，但昨晚接到真智子母親的電話，問他能不能早一點來探視真智子。

「她很浮躁，整天對著我和她爸爸發脾氣，如果見到你，她的心情可能會比較好一點。」

深澤聽了她母親的話，也覺得情有可原。雖然真智子只有一隻眼睛受傷，但任何人突然失去視力，都無法保持平靜。更何況真智子是髮型設計師，視力對她的工作很重要。

田村家盛情款待了深澤。真智子左眼包著繃帶的樣子讓人看了於心不忍，但真智子看到他，似乎也變得比較開心。真智子說，眼睛受傷對日常生活完全沒有影響。

「再過一個星期，就可以拆掉繃帶了，但即使拆了繃帶，眼睛還是看不到。」

真智子淡淡一笑，吐出這句話。她可能用這種方式防止自己被悲傷淹沒。深澤瞭解這一點，所以不知道該對她說什麼。

「我們去房間。」

真智子牽著他的手，她的房間在二樓。

「媽媽，妳不可以進來喔，不要打擾我們年輕人聊天。」

「好、好，我不會去打擾你們。」

真智子的母親笑著回答後，看著深澤，輕輕點點頭。

一走進真智子的房間，她就抱著深澤。雖然事出突然，深澤有點驚訝，但也環抱住她的後背。

「你不會討厭我嗎？」她問，「我的一隻眼睛失明了，你不會因此討厭我嗎？」

「別問這種無聊的問題，我又不是和妳的左眼訂婚。」

真智子聽了深澤的回答啜泣起來，淚水沾濕他的Polo衫。

「好痛喔。」

即使沒有視力，眼睛仍然會流眼淚。她隔著繃帶，捂著左眼。

「沒事吧？」

「嗯，沒事，你不必擔心。」

真智子嫣然一笑，拿起放在桌子上的塑膠袋。裡面裝著那個咖啡罐。

「伸一，我告訴你，生氣有時候也有好處。我看著你留下來的這個空罐，就可以趕走內心的悲傷。」

「我原本還擔心對妳的精神狀態會有負面影響。」

真智子還在住院時，他把這個空罐拿給她看，結果她說要留在身邊。

「我問你……能不能設法找到丟垃圾的傢伙？」

真智子看著塑膠袋中的空罐問。

「我也在思考這個問題，但仍然想不到好方法，而且我們又不是警察，沒有調查的方法。」

「如果是肇事逃逸，警察就會很認真調查。被害人不死，警察辦案就不積極。」

「我認為不是這樣，而是如果是肇事逃逸，展開調查之後，很可能有機會破案。因為現場會留下痕跡，車身上也會有擦撞的痕跡，要找到凶手並不是太困難。相較之下，這次的事件即使展開調查，破案的機率也很低，所以他們一開始就意興闌珊。」

「即使辛苦調查，也無法增加績效嗎？」

「應該就是這麼一回事，」深澤聳聳肩，「就連警察也是如此，我們想要自己找到那個傢伙，幾乎不太可能。」

「所以只能放棄……」

「不，我還不想放棄，」深澤明確地斷言，「我知道是一輛白色的Volvo，我在想，不知道能不能根據這條線索查到什麼。」

「白色的Volvo……」真智子怔怔地看著半空後說，「也許我看錯了，但我記得那輛車子的後車窗那裡放了瓦斯罐，我們之前去露營時，你不是帶了一罐裝在照明燈上嗎？」

「瓦斯罐？真的嗎？」

「我不是很有把握，但在發生意外之前，我看著前方的車子在想，他們是不是剛去露營回來。因為和你上次的瓦斯罐很像。」

「這樣啊。」

深澤知道真智子在說什麼。就是綠色矮胖的筒形瓦斯燈燃料。

「這種東西會放在後車窗那裡嗎？而且是開Volvo的人。」

真智子無力地垂下頭。看到她的樣子，深澤很希望可以讓她記住的事發揮作用。

「既然從御殿場那裡上高速公路，可能是去富士五湖。」深澤說，「也許是從那裡露營回來，如果是這樣，車上可能就會放這種戶外活動用品。」

「富士……一定就是這樣。」真智子拍著手說道，但立刻皺起眉頭。「只不過光靠這個線索很難找到人，週末去富士的人很多。」

「雖然是這樣，但如果在那裡有別墅，或許還會出現。」

「別墅。喔，對喔，雖然Volvo不是特別高級的車子，但開這種車子的人有可能在那裡有別墅。」

「好！」他用力點頭，「我明天就去富士周圍的別墅區找看看，也許會發生奇蹟，讓我找到那輛白色Volvo。」

「感覺有點異想天開……但是，即使真的找到了白色Volvo，又怎麼知道是那個傢伙的車子呢？」

「也對。」深澤稍微想了一下後回答，「反正到時候再說。」

5

星期六中午，齋藤和久開著Volvo出門。他的太太昌枝坐在副駕駛座上。昌枝掛上車用電話後說：

「又完成了一項工作，今天應該不會再接到電話了。」

說完，她笑了笑。

「去年臨時又接到電話，要妳回來處理工作，當時真是手忙腳亂。」

「就是啊，破壞了難得的派對。」

昌枝繼承父親的公司，經營了好幾棟服飾商場大樓。而且她並非只是單純的富二代，憑著天生好強的性格，業績不斷提升。雖然她和齋藤是戀愛結婚，但在工作上完全是上司和下屬的關係。

齋藤踩煞車時，有什麼東西從後車座上掉下來。昌枝扭轉身體撿起一個矮胖的綠色罐子，拿到齋藤面前問：「這是什麼？」

「喔，原來是這個。上次去加油站時送的，說是什麼紀念品，可能是汽車蠟之類的吧。」

「是喔，現在都送這些無聊的東西。」

說完，她又把綠色罐子丟到後座。

他們在六點多時抵達山中湖的別墅。這棟別墅的外觀看起來像加拿大的小木屋，但裡面就像是一家高級飯店。

齋藤把行李拿進屋時，昌枝已經去向左鄰右舍打招呼了。齋藤等她走遠之後，拿起別墅的電話，撥打了他交給春美的行動電話號碼。鈴聲響了兩次，電話就接通了。

「是我。」

電話中傳來春美的聲音。

「妳在哪裡？」

「就在你家的別墅附近。」

「妳來這裡的路上，有沒有被別人看到？」

「沒有人看到我。」

「太好了。」齋藤看看錶，目前是六點半。「那就按照我們的計畫進行，妳去準備一下。」

齋藤掛上電話後，再度按了號碼。這是春美上班的酒店電話。電話馬上就接通了，傳來一個女人的聲音。

「春美在嗎？」

他故意用粗野的聲音說話，不難想像，對方臉上的表情變了。

「她今天休假，請問是哪一位？」

「我是誰不關妳的事，她真的不在嗎？妳該不會故意把她藏起來了？」

「我沒有把她藏起來，你到底是誰？你再胡說八道，小心我報警喔。」

齋藤沒有回答，粗暴地掛上電話。他為自己演得很像感到得意，再度打電話給春美。

「我打電話去妳店裡了，接下來就輪到妳了。妳打完電話後，就按照我們說好的計畫，躲進後車廂。」

「你真的會馬上把我放出來吧？」

「當然啊，妳要相信我。」

他掛上電話後，走出別墅。車庫在屋後，從前面看不到。

「你好，今年也請多指教。」

隔壁那棟別墅的屋主看到齋藤，向他打招呼。

6

深澤伸一從河口湖前往山中湖。雖然他因為工作的關係要拍這一帶的照片，但他為了工作以外的理由特地繞著別墅區打轉。

——沒想到比想像中少。

他看了停在車庫的車子後嘀咕著。因為遲遲沒有看到白色的Volvo車。今天到目前為止，一輛都沒有看到。

自從和真智子約定之後，深澤每次看到白色Volvo就會拍下來。因為他覺得也許可以用這種方法找到丟空罐的傢伙。

他走進山中湖附近的咖啡店。那是一棟好像繪本中才會出現的白色房子，店內果然有許多年輕女生。深澤坐在角落的座位，點了咖啡。

——即使找到那輛白色Volvo，也不能怎麼樣。

他從皮包中拿出塑膠袋，注視著裝在塑膠袋內的空罐嘆著氣。他一開始就不是真心覺得可以靠這種方法找到對方，但考慮到真智子的心情，無法在沒有採取任何行動的情況下就放棄。

昨天，他去找真智子。真智子比之前更有精神了。

「爸爸把我罵了一頓，」她說完這句話，吐吐舌頭。「爸爸說，已經發生的事無法改變，不要一直拘泥於這種事。」

真智子的爸爸是木工，作風很傳統，嚴以律己，對別人也很嚴格。

「爸爸說，這會造成你的困擾，你要忙自己的工作，還要為這種事分心。」

「這句話真是刺耳啊。」

深澤苦笑起來。

「但我也這麼覺得，所以就到明天為止吧。」真智子露出真摯的眼神看著他說，「如果什麼都不做，事後可能會後悔，但我的心情現在已經平靜了，所以明天最後再去找一次，然後就到此為止，我會努力忘記這件事。」

「妳可以放下嗎？」

「可以，因為爸爸說得沒錯，已經發生的事無法改變。」她把咖啡罐遞給他說，「你明天去把它丟掉，留在身邊的話，就會一直放不下。」

於是，深澤就接下了那個空罐。

——我差不多該想一想，要把空罐丟去哪裡了。

他注視著塑膠袋裡的空罐，喝著很淡的咖啡。

7

烤肉派對已經準備就緒，所有成員都到齊了。昌枝永遠都是話題焦點。這也是個性使然，她無法容忍自己不是中心人物。

齋藤瞥了一眼手錶，對昌枝說：

「我去買點東西。」

「咦？忘了買什麼嗎？」

「酒啊，我忘了買波本酒。」

「那順便買葡萄酒回來，我看好像不太夠。」

「OK。」

他繞到別墅的後門，走到車子旁，打開後車廂。春美果然在裡面。

「啊，太好了。」

春美剛才可能很不安，一看到他就露出快要哭泣的表情。「這裡很暗，而且好冷，我還要繼續在這裡嗎？」

「再稍微忍耐一下，我老婆馬上就過來了，妳不要發出聲音。」

齋藤不顧春美還想說什麼，就把後車廂關起來。

等了一分鐘後，他坐上車子，發動引擎，然後把車子緩緩開出車庫。經過別墅前時，向其他正在烤肉的人揮揮手。

他已經決定了地點，就在樹林內，即使到時候發出聲音，也不會被別人聽到。動手殺人並不難，因為春美做夢也不會想到，竟然是自己慘遭毒手。

雖然她很可憐，但這也是無可奈何的事。如果之前齋藤提出分手時，她乖乖分手就天下太平了，沒想到她竟然說，假設齋藤硬是要分手，她就要把他們之間的事全都在他太太面前抖出來。

真是一個無腦的女人。

正因為她無腦，才會這麼輕易相信這次的計畫。

「腦筋不靈光的人就該死一死算了。」

他撇著嘴唇嘀咕道。

他按照原本的計畫來到目的地。周圍都是樹木，齋藤停好車子後，戴上手套下車。他打開後車廂。春美坐起身，四處張望著。即使在黑暗中，齋藤也可以感受到她很害怕。

「已經結束了嗎？」

她問。她應該在問是不是已經殺了昌枝。齋藤搖頭說：

「不，現在才要開始。」

「現在才要開始？」
「現在才要動手。」
然後，他的手伸向春美的脖子。

8

深澤一走進這片高級別墅區，立刻看到一輛白色Volvo從某棟別墅內開了出來。他慌忙拿起相機準備拍照，沒想到車子一下子就不見了。

但是，深澤在這個瞬間有一種奇妙的感覺，和他之前看到其他白色Volvo時不一樣。他憑直覺知道，可能就是這輛車子。

——應該沒這麼巧吧，但搞不好……

他看著車子駛出來的地方。幾個看起來像是別墅屋主的人聚集在庭院裡開派對，所有人的年紀大約都是三、四十歲。

深澤在別墅周圍繞了一圈。車庫位在屋後，目前車庫裡沒有車子，剛才那輛Volvo可能就停在這裡。

別墅周圍用鐵絲網圍住，但有一道看起來像後門的門，而且沒有鎖。深澤鼓起勇氣走進去。

車庫有頂篷，也可以把鐵捲門關起來。這樣的確比較安全。深澤之前曾經聽說，有些仇富的人會在半夜破壞別墅主人的車子。

車庫內很寬敞，可能同時當作庫房使用。牆邊放著小架子，繩子和帳篷都放在裡面，還有折疊式的野餐桌。

——似乎並沒有瓦斯罐。

正當深澤這麼想的時候，突然響起一個尖銳的聲音。

「你在做什麼？」

他大吃一驚，手上的塑膠袋也掉了，空罐從裡面滾出來。

回頭一看，一個化著濃妝的嬌小女人瞪著他。

「啊，很抱歉，我是攝影師。」深澤遞上名片，「因為這棟房子很漂亮，希望可以讓我拍照。」

女人瞥了名片一眼，立刻交還給他。

「很抱歉，我不同意，我對這種事沒興趣。」

「這樣啊。」

「如果沒有其他事，請你馬上離開。」

「我可不可以請教一個問題？請問你們上星期六也在這裡嗎？」

「上星期六？」女人訝異地搖頭，「不，我們沒來這裡，怎麼了？」

「不，沒事，那我告辭了。」

「啊，等一下。」這次是那個女人叫住他，「你有東西沒帶走。」

她撿起深澤掉在地上的塑膠袋，他打量車庫內，不知道空罐滾去哪裡了。

「怎麼了？」

「不，沒事，打擾了。」

深澤快步從後門走出去。他覺得這件事就到此為止了。

——而且那個空罐也不見了。

深澤覺得真智子應該能夠理解。

9

星期天晚上，齋藤和昌枝一起回到了家中，這次又是他一個人把車上的行李拿回家裡。昌枝說她累壞了，一回家就倒在沙發上。

「我去接特博回來。」

特博是他們養的狗，出門旅行時，都會寄放在朋友家。

「喔，那就麻煩你了。」

昌枝用半夢半醒的聲音回答。

齋藤開著車子前往春美家，春美的屍體還放在後車廂內，所以離開別墅時，他把行李都放在後車座。向來不搬行李的昌枝完全沒有起疑心。

齋藤在晚上九點多抵達春美所住的公寓。

他把車子開到地下停車場，停在地下停車場最深處的日產Primera是春美的車子，他把車子停在那輛Primera旁，戴上手套後下車。

他繞到Volvo後方，深呼吸後，打開了後車廂。春美躺在那裡，仍然維持著昨天晚上放進去時的姿勢，也沒有發出他原本擔心的異味。大概正像春美所說的，後車廂內真的很冷。

屍體睜著雙眼。他避開了那雙眼睛，從她的皮包裡拿出鑰匙，打開Primera的車門，然後把屍體從後車廂內拖出來，放在Primera的後車座上。

接著，他把車鑰匙放回皮包，確認沒有任何疏失後，鎖上車門。

——太好了，沒有人看到。

他立刻坐上Volvo，迅速發動引擎。

10

春美的屍體在十月三十日星期一被人發現。發現屍體的是租用了中井春美旁邊車位的銀行員。他在早上準備出門上班時，不經意地探頭看看旁邊的車子，發現了屍體。年輕的銀行員似乎是第一次看到屍體，在向員警說明情況時仍然臉色蒼白。

警方立刻查訪公寓其他住戶，卻無法查明屍體出現在停車場的正確時間，只知道春美的車子從星期五晚上就一直停在那裡。

車上沒有東西失竊，也沒有性侵的痕跡，所以搜查小組認為春美可能是與人結怨遭到殺害。

其中一名刑警打聽到一條耐人尋味的線索。是春美上班那家酒店的媽媽桑提供的。

「星期六傍晚六點多，店裡接到一個奇怪的男人打來的電話，問春美在不在。我告訴對方，春美今天休假，對方沒有說名字，就掛上電話。接著又馬上接到春美的電話，問我有沒有奇怪的男人打電話去店裡。我說有，她嘆著氣說，果然打去店裡了。聽說那個男人也打電話去她家裡，她說那個人糾纏她，讓她很傷腦筋。」

「她沒有說是怎樣的男人嗎？」

「她沒有告訴我，感覺她不太想說，而且我覺得如果她真的傷腦筋的話，會主動告訴我。」

這條線索決定了搜查小組的偵辦方向，要全力找出春美身邊的男人。無論是前男友，還是和她有任何關係的男人，都被列為嫌疑對象。

案發第四天，齋藤和久的名字浮上檯面。之前春美的朋友稱讚她的衣服時，她不小心說溜嘴，說是店裡一位做服裝生意的人送她的。調查之後，只有齋藤符合這個條件，而且警方在調查春美的住處後，發現不少衣服和齋藤妻子服飾商場中的商品一樣。

於是，警視廳搜查一課的金田和轄區警局的田所，立刻去找了齋藤。

齋藤聽到兩名刑警提到中井春美的名字時，露出一時想不起來她是誰的表情。當刑警告訴他那家酒店的名字時，他才「喔」了一聲，輕輕拍了一下手。

「原來是她啊，我曾經在店裡和她聊過一兩次，那個小姐被殺了嗎？是喔，太令人驚訝了。」

金田問他，是否曾經送她衣服，齋藤一臉意外地否認，說他們根本沒有交往，怎麼可能送衣服給她？

「請問你上個星期六到星期天在哪裡？」金田問。

目前推測死亡時間可能是星期六中午到星期天早上。

「要問我的不在場證明嗎？」

齋藤笑了起來，然後回答說，那天他去了山中湖的別墅，別墅的鄰居都可以為他作證。

「因為我幾乎都和大家在一起，無論去問誰都沒有問題。」他自信滿滿地回答。

兩名刑警回到搜查總部後，總部長問了他們對齋藤和久的印象，兩個人都認為齋藤很值得懷疑。

星期六，金田和田所來到山中湖。因為他們得知，上個星期六和齋藤夫婦一起烤肉的山下夫婦，這個週末也會去別墅度假。山下夫婦住在靜岡市，每個月會來別墅兩次。

山下夫婦聽了刑警的問題後顯得困惑，但證詞內容和齋藤和久的供詞差不多一致。

「對，沒錯，他們六點多到這裡，然後幾乎一直和我們在一起。那天的派對很熱鬧，結束之後，我們又一起去他們家的別墅玩到半夜兩點左右，結果隔天嚴重宿醉。」

山下先生看起來很親切，他瞇起眼睛說。

「齋藤先生看起來有沒有哪裡不對勁？有沒有顯得心事重重？」田所問。

「不太清楚，我不記得了。」山下偏著頭回答。

「你們真的從頭到尾都在一起嗎？齋藤先生有沒有中途離席？」

金田再三確認，山下抱著雙臂沉吟起來，然後抬起頭說：

「在派對開始之前，差不多六點半左右，他曾經開車出去，說是要去買酒。」

「他一個人出去嗎？」

「對，但三、四十分鐘後就回來了。」
「三、四十分鐘嗎？」
刑警問了星期天的情況後，向山下道謝後離開。
「只要有三、四十分鐘的時間，很可能殺了春美之後，把她放在後車廂內。」
田所說，金田點點頭。
「只要能夠掌握春美也來到這裡的證據就解決了。」
搜查總部得出春美的男人應該就是齋藤的結論，因為春美之前休假的日子和齋藤外宿的日期完全一致，而且春美的首飾中，也有些疑似是齋藤送給她的。
齋藤不可能和富婆太太離婚，很可能提出分手，但春美不答應，於是他想到要殺了春美。偵查會議上有人提出這樣的意見，但問題在於不在場證明。
根據酒店媽媽桑的證詞，春美星期六傍晚在自己家中，齋藤那時候在山中湖。如此一來，齋藤根本不可能犯案。
但是，有一名年輕的偵查員提出耐人尋味的假設。春美打電話去酒店時，會不會就在山中湖附近。那個打電話去店裡的奇怪男人當然就是齋藤。他可能哄騙春美，讓她打了那通電話，謊稱自己在家裡。
如果春美當天在山中湖，齋藤就有可能犯案。齋藤殺了春美之後，把她藏在汽車的後車廂。隔天回東京時，順便運屍體，最後去春美的公寓棄屍。如此一來，他的不在場證明就成立了。

昨天，其他偵查員去找了齋藤，希望看一下Volvo的後車廂。齋藤欣然同意，但後車廂明顯有最近清潔過的痕跡。

他的嫌疑越來越大。

金田和田所拿著春美的照片，去山中湖附近的餐廳和商店打聽，但沒有人看到她。

「一無所獲，還是先回去吧。」

金田看著沉落的夕陽說。

「太可惜了，這是否意味著齋藤把春美藏得很好？」

「不知道齋藤到底把她藏在哪裡，但是……」金田停下腳步，「在他殺害春美之後，把屍體放在後車廂裡搬運這一點不會錯，所以春美活著的時候，可能躲在車子旁。」

「你是說車庫嗎？」

田所打了個響指。

「我們去看看。」

他們打電話回東京，提出想進入別墅車庫的要求，得到同意後，兩人便走進別墅內。車庫就在別墅後方。

「把春美藏在這裡應該不是問題。」

「嗯，但他老婆可能會看到。」

兩個人拚命尋找著春美可能留下的痕跡。雖然有幾個菸蒂，但他們已經知道春美並不抽菸。

「沒有任何東西。」

「嗯……咦？這是什麼？」

金田從野餐桌後方撿起了一個咖啡空罐。

「太奇怪了，」金田說，「姑且不論其他地方，我還在感嘆這別墅簡直太乾淨，完全沒有任何垃圾，沒想到這個垃圾竟然就這樣丟在這裡，這是怎麼回事？而且這個空罐看起來還很新。」

「會不會是春美躲在這裡的時候喝的？」

田所緊張地問，金田用力點一下頭。

「反正死馬當活馬醫，先帶回去，如果上面找到春美的指紋，我們就走運了。」

11

「六月六日是好日子，是黃道吉日。」

深澤看著月曆說，但真智子搖頭。

「不行，在外國，這個日子不吉利，還是五月吧，五月二十九日或是三十日，這兩個日子比較好。」

「不知道能不能訂到婚宴會場。」

「我們來找還可以訂到的就好。」

真智子把熱水倒進茶壺，等了片刻之後，想把茶壺裡的茶倒進兩個茶杯，但茶沒有倒進杯子，全都倒在桌子上。

「啊，慘了。」

她慌忙拿抹布過來擦桌子，「對不起，有沒有弄濕？」

「嗯，沒關係。」

真智子拿著抹布，垂下頭。

「我只有一隻眼睛，距離感抓不準。這樣有辦法當你的太太嗎？」

「慢慢適應就好，我們不是說好，不提這件事嗎？」

深澤打開電視，試圖改變話題。電視上正在播新聞，主播說，逮捕了殺人凶手，一個娶了富婆的男人謀殺自己的情婦。

「這個世界上各式各樣的人都有，真是不知道他有什麼不滿？」

真智子感到不解地問。

「反正和我們沒關係。」

深澤說完便轉台了。

鏡子中

1

「還有十天，你是不是已經等不及了？」

織田正在寫報告，主任古川巡查部長在為他倒茶時說。織田抬起頭，皺著眉，搖搖頭。

「別開玩笑了，整天忙著和婚宴會場的人，還有主持人討論，還要忙搬家的事，哪裡是等不及，我希望可以趕快結束。」

「雖然你嘴上這麼說，但其實很樂在其中吧。」

「真是饒了我吧，而且還要準備旅行的事。」

「蜜月旅行嗎？真是羨慕啊。」

古川發出很大的聲音喝著茶，指著織田貼在桌上像卡片大小的月曆說：

「我記得你們是去夏威夷吧？要去十天啊，現在警察也可以請假休息了。」

「只是七天婚假，再請幾天年假而已。」

「你最好有心理準備，這可能是你最後一次有辦法休這麼長的假。」

古川一臉賊笑地說，織田忍不住咂著嘴。

「現在已經在提倡小學生要週休二日，沒理由只有警察過勞吧，應該讓我們多休息。」

「所以希望案子和車禍可以少一點。」

古川說這句話時，在一旁聽警用無線電的交通課課員山下叫了一聲：

「主任，有車禍發生。」

古川立刻臉色大變。織田也站了起來。

「地點在哪裡？」古川問。

山下正在聽縣警總部發給外勤指令室的無線電。

「E町的路口，小客車和機車相撞。」

「好。」

織田也和古川一起準備。桌上的電話響了。這是外勤指令室下達的出動命令。古川在接電話時做了筆記。

「織田，我沒說錯吧。」古川坐上警車後說，「如果日本真的變成一個富足的國家，首先應該讓我們清閒下來才對。可是現在案件和車禍都完全沒有減少。」

「你的意思是說，雖然物質生活很豐富，但精神上還缺乏餘裕嗎？」

「就是這麼一回事。」

織田打開紅色警燈，發動警車。他看了一眼時間，已經深夜一點半了。連這麼晚的時間都還會有車禍發生，這次恐怕真的是最後一次放長假了。

車禍現場是一個有號誌燈的路口，交叉的兩條路都是雙向各只有一線車道的馬路，速限是四十公里。附近有加油站和幾棟大樓，即使白天的時候，這裡的車流量也不會特別多。
織田和古川抵達現場後，將肇事車輛移到了附近的加油站。小客車是一輛白色國產車，機車也是國產機車，只是無法立刻看出車種，但是未滿五十ＣＣ，也就是所謂的小綿羊機車。
現場沒有看到救護人員，只有兩名外勤員警。騎機車的年輕人已經被送去醫院了。
「剛才已經打電話給家屬，告訴他們醫院的地點。因為錄影帶出租店的會員卡上有電話號碼。」
中年的外勤員警向他們說明。
「辛苦了，傷勢怎麼樣？」古川問。
「頭部撞得很嚴重，倒在路上，一動也不動，救護人員叫他也沒有反應。」
「撞到頭部？他沒有戴安全帽嗎？」
「對，沒戴安全帽。」
織田在一旁聽著，不禁咬著嘴唇。目前騎小綿羊也規定要戴安全帽，但仍然有不少年輕人不遵守規定。
「真傷腦筋，原本看到沒流血，還鬆了一口氣。」
古川看著路面說道。
「是啊，並沒有嚴重的外傷。」

「有目擊者嗎？」

「沒有，因為時間已經這麼晚了。」

「我想也是。」

織田在古川的指示下勘驗現場。車禍發生的地點在其中一條道路的停車線附近，機車騎到這裡準備停下，小客車從左側轉角衝過來。

「到底是什麼原因造成的？」

古川瞪大眼睛。

「只要問當事人就知道了。」

織田走向肇事車輛。駕駛人坐在車上，垂頭喪氣，雙手抱著腦袋。織田咚咚地敲著車窗玻璃，駕駛人緩緩抬起頭。他的年紀大約三十五、六歲，臉頰削瘦，看起來很精悍。

「請說明一下當時的情況。」

男人打開車門下車，右腳有點瘸。

「你也受傷了嗎？」織田問。

「不，沒什麼，請不必在意。」

男人回答時，織田仔細嗅聞著他吐出來的氣息。因為織田懷疑他酒後駕車，但並沒有聞到酒味。

男人自我介紹說，他叫中野文貴。織田覺得好像在哪裡聽過這個名字，問了對方在哪裡工作，他遲疑一下，說了「東西化學」這家在本地相當知名的公司。
中野說，他在路口準備右轉，因為綠燈變黃燈了，所以有點著急，可能車速太快了，車子打滑。他急忙想要穩住車身，但轉動方向盤不及，衝向對向車道。
織田覺得很有可能發生這種狀況。
但是，剛才勘驗了路面的古川偏著頭說：
「如果是這樣，就有點奇怪了。」
「怎麼了？」
「據我剛才的觀察，並沒有留下很明確的滑行痕跡。」
「原來是這樣，你這麼一說，好像的確如此。」
織田剛才也確認了滑行痕跡，所以轉頭看著中野說：
「你當時的車速是多少？」
「應該稍微超過速限……可能五十公里左右吧。」
「但你在轉彎之前，應該有稍微放慢速度吧？」
古川在一旁問，中野不太有自信地搖搖頭。
「我不記得了，因為太突然了……」
「喔。」古川用指尖抓著臉頰，好像自言自語般地說：「感覺轉彎的時候，速度並沒有太快啊。」

「這麼晚了，你打算去哪裡？有什麼需要趕時間的急事嗎？」

織田問，中野無力地垂著頭說：

「我去朋友那裡，正準備回去，並沒有什麼急事……」

他回答時有點吞吞吐吐。

拍完照、確認將由JAF來拖吊肇事車輛後，織田和古川把中野帶回分局，再次向他詢問當時的情況，他的供詞並沒有太大的改變。應該說，他一直堅稱自己不太記得了。肇事者通常都會主張對自己有利的部分，但中野卻幾乎沒有說什麼對自己有利的話，只說當時號誌燈絕對是綠燈。

中野沒有家人，於是就聯絡了他公司的上司。做完筆錄時，他的上司來到分局。

「中野，你沒事吧？」

一個身材高大，皮膚黝黑的男人走進交通課的辦公室。他看起來比中野稍微年長幾歲。

「我姓高倉，給你們添麻煩了。」

男人恭敬地對織田和古川鞠躬，拿出了名片。織田看到名片，恍然大悟，古川也發出了「喔！」的聲音。因為在『東西化學株式會社業務部勞務課』的部門旁，寫著『田徑隊總教練』的頭銜。

「原來是馬拉松選手高倉先生。」

古川拿著名片，張大嘴巴點著頭。織田也想起來了。高倉是十年前很活躍的馬拉松選手，曾經參加過奧運。

「我知道了，中野先生……原來就是那位中野文貴先生。」織田拍了一下手，「你曾經參加過一萬公尺長跑和馬拉松的比賽，我記得當時是代表××食品參加比賽。」

中野聽他這麼說，神情不是害羞，而是很尷尬地低下頭。如果在其他場合，他應該會露出自豪的表情。

「他目前是我們田徑隊的教練。」高倉說。

「真是太驚訝了，我當警察多年，第一次遇到名人。」

古川滿面笑容，但表情立刻恢復嚴肅，似乎表示並不會因此手下留情。「不好意思，深夜把你找來。請坐，我來說明情況。」

高倉在接待訪客的桌子旁坐下後，織田和古川簡單向他說明車禍的狀況。當他得知明顯是中野的疏失時，露出陰鬱的眼神。

「原來是這樣，沒想到發生了這麼重大的意外。其實今天晚上是我派他去找一位大學老師，和那位研究運動生理學的老師討論訓練的事。因為那位老師很忙，白天沒有充裕的時間，所以才會約在晚上，深夜開車果然很危險。」

高倉垂下肩膀，好像覺得自己是造成這起車禍的間接原因。中野在一旁低著頭。

為了謹慎起見，織田問了中野那所大學的校名和教授的名字，但中野似乎想要先徵求高倉的同意，沒有回答。

「中野擔心會造成對方的困擾。」

高倉袒護著中野說道，織田慌忙搖著手說：

「絕對不會發生這種情況，我可以保證。」

「是嗎？那由我代替他回答。大學的名稱是——」

高倉說了本地的一所國立大學的名字，中野去那裡找一位姓丸山的副教授。

高倉在回答時，中野一臉擔心地看著他。高倉輕輕點頭，好像在說「沒關係」。

「我們只是問一下，這也是例行公事。」

古川表情稍微緩和了點。

「對方的傷勢怎麼樣？」

高倉戰戰兢兢地問，古川搖搖頭說：

「目前還沒有接到任何通知，我們也打算等一下過去醫院。」

「我們是不是一起去比較好？」

「今天太晚，就不必了，如果有什麼狀況會通知你們。」

「拜託了。」

高倉鞠了一躬說道。他應該知道『有什麼狀況』代表的是什麼意思，因此表情相當凝重。

2

高倉帶著中野離開後，織田和古川立刻趕往醫院。醫院是離車禍現場十分鐘車程的市民醫院。

被害人名叫萩原昭一，看了駕照之後，得知他今年十九歲。萩原身上沒有其他證件，不知道是不是學生。

到了醫院後，古川前往治療室去確認被害人的狀況。織田獨自走進候診室，看到了像是萩原父母的一男一女。兩個瘦小的中年人，在候診室內依偎在一起，看起來就像人偶的擺設。織田拿下帽子，向他們打招呼。

「警察先生，這到底是怎麼回事？不是昭一的錯吧？」

萩原的母親起身，走到織田的面前。她雙眼已經通紅，她的丈夫叫了一聲：「喂！別這樣！」讓她坐下。

「我們也想要向令郎瞭解一下詳細的情況，根據對方的說法，令郎並沒有過錯，對方承認都是他的錯。」

他們聽了織田的話都鬆了一口氣。萩原夫婦一定擔心損害賠償的問題，但隨即又沉下臉。

「對方在哪裡？撞了人還當作沒事嗎？」萩原的父親生氣地說。

織田告訴他，對方也很緊張，警方今晚就先讓他回去休息。萩原的父親嘴裡唸唸有詞，最後終於安靜下來。

「令郎的傷勢如何？」

萩原的母親聽了織田的問題，一臉憂鬱地偏著頭說：

「好像不太樂觀，送到這裡的時候完全沒有意識……」

「因為撞到腦袋，所以我猜凶多吉少，他媽的，如果他有什麼三長兩短，我絕對饒不了那個傢伙。」

萩原的父親抖著腳，似乎藉此消除內心的焦慮。他的怒火當然是針對加害人。

「令郎沒有戴安全帽。如果戴了安全帽，就不會這麼嚴重。」

織田的言外之意，就是雖然車禍並不是萩原的過錯，但這麼嚴重的傷勢是自作自受。

這句話似乎發揮效果，他的父親咂著嘴。

「安全帽……果然是這樣……他每次都不戴安全帽，都怪妳沒有好好叮嚀他。」

「他根本不聽我的話，你應該提醒他啊……」

「因為我很忙——警察先生，他沒有戴安全帽，對我們有什麼不利嗎？」

「不戴安全帽屬於違規行為，會針對這一點開罰，但這和車禍原因無關。」

「這樣啊，那太好了。」

萩原的父親鬆了一口氣。

「但這可能會對加害者該支付多少醫藥費產生影響。我猜想對方應該會用保險支付，如果保險公司得知令郎沒有戴安全帽，可能不會乖乖支付全額。」

「會砍掉幾成嗎？」

「對，也許會砍掉一半。」

「一半啊……」

萩原的父親抓抓頭。

「老公，錢的事不重要，我只希望可以救回昭一。」

正當萩原的母親尖聲說話時，治療室那裡傳來一陣騷動。護理師匆匆忙忙地走進走出。

「喂？怎麼了？昭一發生什麼狀況了嗎？」

「怎麼會……」

夫妻兩個都不安地站起來時，一個戴著眼鏡的醫師走出來。

「萩原先生和太太，麻煩你們來一下。」

醫師點了一下頭，叫著夫婦兩人。當他們走進治療室時，古川剛好和他們擦身而過走回來。古川看著織田，皺著眉搖頭。

「還是回天乏術。」

「啊……」

織田應了一聲，隨即聽到萩原昭一母親的叫喊聲。

3

隔天早晨，織田和古川再度回到現場，確認是否遺漏了什麼。雖然沒有新的發現，但古川再度感到不可思議。

「我還是搞不懂，無論怎麼看，都沒有發現大幅度滑動的痕跡。如果在高速情況下用力轉方向盤，應該會留下更明顯的滑動痕跡。」

「而且之後的動線也很奇怪，即使轉動方向盤不及，也不可能衝去對向車道。」

「就是啊，如果是轉彎不及，撞到相反方向的角落就很合理了。」

「所以是酒駕嗎？為了掩飾酒駕而說謊嗎？」

這種情況時有發生。

「據我的觀察，他並沒有喝酒。」

「我也這麼認為，所以單純只是疲勞駕駛嗎？」

「如果是這樣，應該會實話實說，無論是疲勞駕駛還是打方向盤不及，罪責都差不多。而且如果因為疲勞駕駛在開車時睡著，應該不會在路口轉彎。」

「所以只能懷疑是酒駕，真想去見一下那位大學副教授，應該就可以明確瞭解中野有沒有喝酒的可能性。」

「這也是一種方法。」

勘驗完成後，他們坐上車。因為萩原昭一不幸喪生，兩個人都面色凝重。醫生說，因為顱內出血嚴重，導致回天乏術。

織田已經通知了中野和高倉。高倉說，天亮之後，他們會主動打電話和萩原家聯絡，但聽他的聲音可以察覺到他受了極大打擊。

「喂，你看那裡。」織田正打算把車子開出去時，古川指著左側說，「那棟大樓的二樓，有一個男人正在看我們。」

織田看向那個方向，發現那裡有一棟老舊的灰色公寓，有個男人站在二樓的陽台上。

「那個男人一直在看我們，剛才還用望遠鏡看。」

「看熱鬧的嗎？不過的確有點讓人在意，我們去問他看看。」

「就這麼辦。那個位置可以清楚看到車禍現場，他可能看到了什麼。」

「瞭解。」

織田把車子開出去，然後停在那棟公寓前。這棟公寓只有四層樓，沒有電梯。他們沿著樓梯來到二樓，確認房間的位置後，按了玄關的門鈴。門內傳來一個男人低沉的聲音。

織田報上自己的身分，門內的人似乎說不出話來一陣沉默，然後才緩緩開門，門後出現一個冒著鬍碴的瘦削男人，年紀大約三十歲左右。

「不好意思，打擾你休息。」

織田道歉後說了昨晚車禍的事。男人的表情沒有太大的變化，織田憑直覺認為，他已經知道車禍的事了。

「你剛才在觀察我們，請問是昨晚看到了什麼嗎？」

男人似乎沒有想到織田會直截了當地發問，驚訝地張大嘴。他似乎覺得既然露出了這麼慌張的態度，再掩飾似乎不太妙，於是很不甘願地點頭。

「我聽到車禍的聲音，立刻走去陽台，結果就發現出了車禍。」

「你當時在睡覺嗎？」

「不，我在工作，陽台上只有紗窗，所以很清楚地聽到了聲音。」

男人說，他名叫三上耕治，是自由撰稿人，專門寫稿賣給雜誌社。

「車禍發生後的情況如何？」

「你問我如何……就是有一個男人從駕駛座走下來，察看了騎機車的年輕人的狀況，總之看起來很慌張。車上只有那個男人。」

從三上的話中似乎也很難瞭解到車禍的原因。

「你說聽到車禍的聲音，請問是怎樣的聲音，就是車子撞到的聲音嗎？」古川問。

「嗯，是啊……」三上想了一下，然後又小聲地說：「還有輪胎的聲音。」

「啊？輪胎的聲音？」

「我聽到了嘰嘰嘰的輪胎摩擦地面的聲音，在轉彎的時候，不是都會發出這種聲音嗎？」

三上一副稀鬆平常的表情。

走出公寓，回到車上後，古川再度低吟一聲。

「既然他聽到了輪胎的聲音，所以應該如中野所說，是因為車速太快，導致輪胎滑行嗎？但現場的滑行痕跡看起來不像是這樣啊。」

「會不會是因為什麼原因，導致現場沒有留下明顯的痕跡？」

「只能這麼想了……」

但巡查部長一臉難以理解。

織田也因為另一個原因感到無法釋懷。他總覺得三上的證詞有哪裡不對勁，只是不知道到底哪裡不對勁，也許只是自己的心理作用。

「那就回家好好睡一覺再來思考，值完夜班，腦筋都會有點轉不過來。」

古川用雙手按著太陽穴，打了一個大呵欠。

4

「真的嗎？那個高倉總教練出了車禍？」

靖子瞪大原本就很大的眼睛。

「不是高倉本人，是高倉的下屬中野文貴。因為造成對方死亡，我猜想媒體很快就會報導。」

「哇，好厲害。雅之，那你也會上電視嗎？」

「我怎麼可能會上電視？」

織田苦笑著坐在桌子旁。桌上放著靖子親自為他做的三明治和沙拉。每次他值完夜班，靖子就會在中午帶午餐來他的公寓。這種生活還有十天就要畫上句點了。

「東西化學的田徑很厲害，經常在馬拉松比賽中得到冠軍。」

「對啊，高倉也曾經是奧運選手。」

「現在女子馬拉松有很多厲害的選手，對了，幾天前報紙上不是報導過嗎？」

靖子在冰箱旁的那堆報紙中翻找。她已經把這裡當成自己的家。

「找到了，找到了，就是這篇報導。」

她把報紙攤在桌子上，在運動版的角落，有一篇『東西化學的三名選手以進軍奧運為目標』的報導。

「喔，有三名厲害的選手。」

那篇報導介紹了東西化學田徑隊的三名女子馬拉松選手。這三名選手分別是資深的山本和美、從一萬公尺長跑轉戰馬拉松的堀江順子，和從美國留學回來的新銳選手田代由利子，雖然屬於同一個田徑隊，但仍展開激烈的競爭。目前由進入全盛時期的田代領先，但最終結果還不得而知——

「目前是進軍巴塞隆納奧運的關鍵時期，沒想到在這種時候發生這起車禍，東西化學的運氣太差了。」織田把報紙折起來時說。

「教練發生這種事，選手應該無法安心練習。」

「其他田徑隊應該很高興。」

織田咬了一口火腿三明治，「我們的旅行準備得怎麼樣了？」

「很完美。」靖子聽到織田將話題轉移到蜜月旅行的事，忍不住雙眼發亮。「想去的地方全都做好功課了，雖然行程有點緊，但只有一個星期，也沒辦法啊。」

「我們是以歐胡島為中心吧？」

「對啊，我們要在檀香山國際機場租車，開車就由你負責嘍。」

「比起開車，我更擔心英文。」

「你在說什麼啊，哪個日本人去夏威夷會說英文啊。」

已經去過好幾次夏威夷的靖子開朗地哈哈大笑起來。

午餐後，織田小睡了兩個小時，靖子利用這段時間研究如何擺放傢俱。她的東西明天要搬進這個狹小的兩房一廳公寓。

織田起床後，打了一通電話，試著約那位大學副教授見面，幸好副教授今天剛好有空。

「我還以為你可以幫我一起打掃，沒想到你竟然要出門。」

織田把氣鼓鼓的靖子留在家裡，開著自己的車出門了。

丸山副教授雖然個子不高，但肌肉結實，一看就是運動員身材。織田問了之後才知道，原來他以前學生時代是游泳選手。

「中野先生一個人來找我，討論訓練的方法。因為我們白天都很忙，所以就約在晚上見面。」

副教授和高倉說的完全一樣。

「他來這裡的時候是幾點？」

「嗯，我記得好像九點左右。」

「幾點離開呢？」

「十二點左右。」

「你們聊了很久。」

「因為有很多事要討論——這和車禍有什麼關係嗎？」

織田發現自己似乎問太多了，丸山不悅地皺起了眉頭。

「不，我只是隨口問問。請問中野先生有沒有說，他離開這裡之後要去哪裡？」

「沒有，他應該直接回去宿舍。因為如果太晚的話，會影響隔天的練習。」

「原來是這樣。」

織田點點頭。東西化學田徑隊有專用的宿舍，中野和選手一起住在那裡。

「中野先生離開時有很匆忙嗎？」

「是啊，雖然我有提醒他，請他小心開車。」

丸山一臉遺憾地搖著頭。

織田不知道接下來還能問些什麼，於是打量著丸山的研究室。桌上放著複雜的機器，也有電腦。

「最近的運動必須結合科學，才有辦法進步。」

「世界級的運動完全就是科學的競爭。」丸山得意地說，他似乎對自己的工作引以為傲。「只靠努力和毅力的時代早就結束了。」

「你最近從事哪些研究？啊，我是外行，不瞭解太專業的事……」

「主要研究肌肉在長跑時所發揮的作用，瞭解跑步的姿勢和節奏不同時，肌肉會產生怎樣的變化，變化越少當然就越好。」

「所以高倉先生需要你的建議嗎？」

「我們是互利互惠，對我來說，一流選手的數據也很寶貴。」

丸山心情愉悅地挺著胸膛，但下一剎那，突然皺起了眉頭，然後抿著嘴，似乎覺得自己說太多了。

「還有其他事嗎？」

他說話的語氣一下子變得很假惺惺，和前一刻完全不同。

「沒有其他事了。不好意思，打擾了。」

織田站了起來。

5

傢俱行和電器行的人幾乎都準時出現，好幾個男人擠在屋內，原本狹小的房間顯得更加擁擠。

「衣櫃放這裡。啊，不是直放，要橫著放。別擔心，我都量過尺寸。啊，電器行的先生，請你把這台舊冰箱搬走，然後微波爐放這裡。」

靖子就像是工地現場的監工一樣俐落地發出指示。織田也想幫忙，但她說：

「雅之，你不要動手，因為有付搬運費，如果他們弄壞，可以請他們換新的。」

織田只好袖手旁觀。

「喔，在忙啊。」

聽到說話聲抬頭一看，古川穿著運動服和牛仔褲出現在玄關。

「啊，主任，你怎麼來了？」

「我想說人多好辦事，所以來幫忙。這張椅子要放哪裡？」

古川伸手想要搬梳妝台前的椅子。

「不要！」

織田和靖子同時叫了起來，古川彎著腰，愣在那裡。

「不是啦，請傢俱行的人處理就好了。主任，我們去外面說話。」
織田帶著古川走出去，站在傢俱行的卡車旁向他說明，古川放聲大笑。
「你老婆還真精明啊，我跟你說，娶一個厲害的老婆，可以替自己省不少麻煩喔。」
「請不要把我說得和你一樣。對了，我昨天去了那所大學。」
織田把和丸山之間的談話告訴古川，古川立刻變得嚴肅。
「這樣啊，原來沒有矛盾，也沒有酒駕的可能。」
「是不是我們想太多了？」
「有可能……但是，」古川比剛才更加小聲地說，「據說昨天分局接到一通奇怪的電話，打電話的是那個自由撰稿人，我記得他姓三上。」
「他說什麼？」
「他說警察去向他瞭解車禍的情況時，他說聽到了輪胎滑行的聲音，但事後想一想，可能是自己聽錯了——他在電話中這麼說。」
「聽錯了？」織田不禁驚叫起來，「這是怎麼回事？」
「不知道，只不過他特地為這種事打電話來，反而令人在意。通常即使自己說錯了，除非是很重要的事，否則不會理會。」
「你的意思是，三上有所隱瞞嗎？」
「我有這種感覺，但他有什麼必要隱瞞？是中野發生車禍，而且他自己也承認了。」

古川抱著手臂，左右轉動著脖子，關節發出了喀喀的聲音。

「時機未免太巧了，好像知道我們對輪胎滑行的問題產生疑問。」

「的確如此。」古川用力點頭後，似乎突然想到什麼，「該不會……不，不可能。」

「怎麼了？」

「中野和三上會不會有什麼交集？中野知道我們對滑行痕跡不明顯感到奇怪，所以想請三上作證說，並沒有打滑得很嚴重，但那時候我們已經去找過三上了，於是三上就特地打電話到警局。」

「你是說，三上是中野的暗樁嗎？不過是我們主動去找三上的啊。」

「他可能故意做出一些異常行為，引起我們注意。」

「有道理……但安排這樣的暗樁有什麼目的？」

發生車禍時，不時會有一方會使用暗樁當假證人，當然是為了做出對自己有利的證詞，但三上的證詞對中野他們沒有任何幫助。

「搞不懂，完全搞不懂。」

古川皺起眉頭，嘆著氣。

到了下午，傢俱和家電都搬好了，織田和古川回到家裡，在已經完全變樣的客廳內，喝著靖子倒的茶。

「竟然可以塞進這麼多東西。」織田看著周圍的傢俱，感嘆著說，「簡直都被傢俱包圍了。」

「趕快搬去大房子住就解決了。」靖子很乾脆地說。

「就靠我這麼點薪水，妳有得等了。主任，你說對不對？」

織田在這個奇怪的問題上徵求古川的同意，古川表情有些複雜。

「只要肯努力，總會有辦法。」

靖子說著，打開電視。大螢幕電視和狹小的房子很不相襯，螢幕上出現主播的特寫，三個人同時叫出聲。因為電視上正在報導那起車禍，接著，高倉出現在螢幕上。

「這次為社會大眾做了不良的示範，真的很抱歉。至於死者家屬方面，我們將帶著誠意解決這件事，會盡最大的努力——」

高倉一臉沉痛地回答大批記者的問題。

「總教練也不好當，這種時候必須出來說話。」

「總不能讓肇事者本人出面吧。」

織田說話時，電視螢幕上出現了田徑隊正在練習的情況，拍到三名女子馬拉松選手的臉。

「可以請教妳們幾個問題嗎？」

記者走過去，試圖採訪她們，但她們把頭轉到一旁說：

「我們什麼都不知道。」

然後三名選手逃也似地走開了，攝影機拍到了山本和美、堀江順子和田代由利子的臉。

就在這時，織田倒吸一口氣。當他定睛細看時，主播已經開始播報下一條新聞。

「怎麼了？」

「不，沒事……」

織田偏著頭，之前從來沒有想過的疑問在內心翻騰。他瞥了古川一眼，他似乎也陷入沉思。

6

那起車禍發生至今已經過了三天，織田整天忙著為之後發生的車禍寫報告。幾乎沒有一天不發生車禍，也就無暇整天惦記著某一起事故。

但是，織田每次寫報告停下手時，就會忍不住思考那起車禍的真相到底如何。

他內心有一個大膽的假設，他推理出自己認為的真相，但他的推理並不完美，而且也難以證明。

「你怎麼愁眉苦臉的？」坐在旁邊的古川說，「難道這麼快就因為新婚昏了頭嗎？」

「別開玩笑了，如果昏頭，也是忙昏了頭。」織田用原子筆敲著報告說，「我在想中野文貴的那起車禍。」

「原來是那件事啊。」古川皺起眉，他應該同樣對那起車禍難以釋懷，只是每天忙著處理接連發生的車禍，所以沒去想這件事。

「我調查之後發現，中野之前從來沒有出過車禍，也從來沒有違反交通規則，這樣已經超過十年了。這種模範駕駛人會發生像這次的輕率車禍嗎？」

「沒有出過車禍、沒有違規，未必就是模範駕駛人。」古川拿起織田放在桌上的旅遊導覽書翻了起來，「這種大意的心態更容易發生意外。」

「這我當然知道。」

「你到底想說什麼？」

織田猶豫一下，緩緩開口說：「我懷疑當時開車的並不是中野……」

古川立刻變得嚴肅。

「你可別亂說話，你這種胡亂的猜測萬一傳到媒體記者的耳朵裡，沒事也會變成有事。」

「但這麼一想，很多事都有了合理的解釋。」

古川搖著頭說：

「不要再去想那起車禍了，中野受到處罰，一切都結束了。你現在不是還有更重要的事要考慮嗎？」

古川把旅遊書放回織田的桌上，離開座位。織田目送著主任的背影，不禁想：

——原來主任也發現了。

「嗨，新郎官，只剩下一個星期了。」

後面有人拍他的背。回頭一看，四方大臉、鼻子下留著鬍子的交通課長笑著說：

「你是不是內心興奮不已，根本沒心情工作？」

課長在說話時，和古川一樣，翻著他桌上的旅遊導覽書，看到折起的那一頁問：「你們打算在當地租車嗎？」

「嗯……」

「這樣啊，以前都不敢想像在國外開車，現在的年輕人膽子都很大。你要小心點，交通課的警察如果在國外被抓，那真的是丟臉丟到國外去了。」

太誇張了。織田心裡這麼想，但還是乖乖點頭。

「你看，這上面寫了很多注意事項，你要好好看一看。」

課長攤開旅遊導覽書，放在織田的面前。課長最大的優點就是心胸開闊，不拘泥小事，但有時候神經太大條了。

織田伸手打算把書放回原位時，看到了書上的四個字：

右側通行。

7

東西化學田徑社的宿舍是兩層樓的灰泥房子，乍看之下，像是一棟很有品味的公寓，一樓是辦公室和食堂。

織田報上自己的姓名後，原本一臉冷漠的男性工作人員立刻親切招呼，把他帶到辦公室角落的沙發，還為他倒了茶。那位男性工作人員可能覺得如果得罪了警察，對中野的處境更不利。

織田今天沒有穿制服，因為他不希望引起媒體記者的注意。

兩三分鐘後，高倉走進來。他今天穿著深藍和紅色的雙色運動衣，胸前繡著田徑隊的名字。

「不好意思，在你百忙之中打擾。」

織田起身鞠躬。

「你太客氣了，是我們給你添麻煩了。」

高倉在織田面前坐下。也許是因為他今天穿了運動衣的關係，感覺比之前見面時更有精悍的感覺。運動員還是最適合穿運動衣。

「你們和被害人家屬之間談得怎麼樣了？」

「目前由保險公司和律師代為和對方交涉，應該可以很順利。這次不是由中野個人，而是東西化學出面解決這件事。雖然不知道該不該這麼說，但幸好對方父母也瞭解自己的兒子沒有戴安全帽，是造成這種後果的主要因素。」

「這樣啊。」

織田想起死去的萩原昭一的父母。當東西化學由公司出面解決這件事時，他們是否無法順利表達自己的主張？

「請問今天有什麼事嗎？」

高倉雖然輕鬆地問道，但織田覺得他出現了警戒的神情。

「今天來這裡，是因為我想進一步瞭解車禍的詳細情況。」

「請問是哪些情況？」

「我希望可以請教當事人。」

「這樣啊……」高倉露出驚訝的表情看著織田問，「所以要叫中野來這裡嗎？」

「不，不是──」織田舔舔嘴唇，下定了決心說，「我希望向選手瞭解情況。」

「你說什麼？」高倉皺起眉頭，然後揚起嘴角笑了。「這和選手沒有關係吧？為什麼要問選手？」

「我相信你應該瞭解其中的理由。」

「我完全聽不懂你在說什麼。」高倉從沙發上起身，「如果你是為此前來，恕我無法奉陪，因為我也很忙。」

「我只是想釐清車禍的真相。」

「真是太好笑了，車禍的真相不是早就一清二楚了嗎？」

這時，三名身穿制服的女選手走進來。織田看向她們，高倉也發現了她們。

「妳們來幹什麼？跑步結束後，就去訓練室啊。」

三名女選手聽到總教練這麼說，一臉錯愕的表情，走出辦公室。織田起身，想向她們打招呼，高倉張開手制止他。

「請你離開吧，如果你一直糾纏不清，我們也會考慮採取因應措施。我們在警界並不是沒有人脈關係，到時候是你會傷腦筋。」

織田瞪著高倉，高倉移開視線。

「好，那我就告辭了。」

織田鞠躬後轉身離開。他並不是屈服於高倉的威勢，而且從高倉的態度已經知道了真相。他的推理並沒有錯。

他回到停車場，走向自己的車子。當他打開車門想要上車時，眼角掃到有什麼東西動了一下。

轉頭一看，發現田代由利子穿著田徑隊的運動服站在那裡，露出觀察的眼神，輕輕向他鞠躬。

織田環顧四周，發現沒有別人。

「要不要聊一聊？」

他問，由利子默默點點頭。

「那我們到車上聊。」

織田打開車門，向她招招手。她遲疑了一下，走過來，看著他的臉。

「請妳坐在駕駛座上。」

她聽到這句話，似乎已經瞭解其中的意圖，決定聽天由命，垂下雙眼上車。織田為她關上車門後，繞到相反側，坐在副駕駛座上。

「這不是妳第一次握方向盤吧？」

由利子沉默不語，織田把車鑰匙交給她。

「請妳發動引擎。」

「啊？」

「發動引擎。」

「喔……好。」

她接過鑰匙，動作生硬地發動引擎。

「請妳打方向燈。」

「好……」

由利子回答後，左手伸向撥動雨刷的操作桿，但她隨即「啊！」了一聲，慌忙縮回手。

「妳果然會弄錯，因為國產車和外國車的方向燈和雨刷的位置相反。」

她默默低下頭。

「可以了，請妳熄火。」織田說。

她吐了一口氣，關上引擎。車內再度恢復寂靜。

「那天晚上，果然是妳開的車。」

由利子聽了他的話，淚水奪眶而出。

8

「我只有那時候開車，其他時間都是中野先生開車。」由利子哭著說。

「我知道，再怎麼樣，妳沒有駕照，不可能讓妳長時間開車。」

「我原本以為一定不會有問題。我回到日本已經很久，也經常坐別人的車子，以為自己早就適應了左側通行。」

「但實際握方向盤後，就完全不是這麼一回事。」

「是的，我充分瞭解到這一點了，但當時以為沒問題……而且半夜路上也沒什麼車子。」

「是妳主動說要開車的嗎？」

「對……因為我希望可以趕快在這裡開車。」

織田看著她的側臉心想，雖然她是努力進軍奧運的選手，但內心終究只是一個普通的年輕人。

她不久之前才從美國留學回來，在美國時考了駕照。雖然可以用美國的駕照申請國內駕照，但她還沒有去辦理。只不過這件事並不是這次車禍的重點，而是日本和美國不同，車輛靠左行駛，也就是左側通行，她還沒有適應這種情況，這才是嚴重的問題。

「中野教練說，這樣很危險，叫我不要亂來。但我堅持說，只要讓我開一下就好。」

「妳開了之後有什麼感覺？」

「我對方向盤在右側並沒有太大的不適應，但對向車從右側過來讓我有點害怕，只不過直線行駛時，並不會太意識到左側通行的問題。」

「直線行駛雖然沒問題，但在路口必須轉彎。」

由利子閉上眼睛，不知道是否想起了當時的情況。

「在開進路口前，我還告訴自己，轉彎之後，要進入左側的車道，但因為號誌燈稍微分神後，就不知不覺地駛入相反車道，當我意識到不對勁的時候，已經來不及了……」

她用雙手捂著臉，眼淚從她的指尖流下來。

「這種狀況經常發生，」織田安慰她，「只是情況和妳相反，是日本的駕駛人在國外開車，當遇到緊急狀況時，平時的習慣就會跑出來。」

織田的那本旅遊導覽書上寫著，許多駕駛人在國外開車，出發和左轉時很容易駛入左側的車道。反過來說，在美國考到駕照的駕駛人，在右轉的時候也很容易進入相反的車道。由利子正是這種情況。因為方向盤的位置和車道就像在照鏡子一樣，剛好完全相反。

「我慌忙下車，發現機車騎士倒在地上，一動也不動，我不知道該怎麼辦。沒想到在這麼重要的時候，竟然闖了這種大禍……」

「這麼重要的時候是指希望明年可以進軍奧運嗎？」

她用力點點頭說：

「一旦發生造成人員傷亡的意外，無論成績再好，應該都不可能進軍奧運了，即使被選入國家隊，也必須主動退出。」

織田想起幾年前也發生過類似的狀況。那次是冬季奧運，有機會得到獎牌的跳台滑雪選手發生造成傷亡的車禍，最後主動退出國家隊。選手本身當然很不甘心，支持者也感到很惋惜。

「結果中野教練對我說，他會想辦法，叫我趕快離開。」

「他想到可以謊稱是他開的車。」

「是，我覺得必須趕快離開現場，於是就開始跑，沒想到中途被人叫住了。我嚇了一跳，看向聲音傳來的方向，看到一個陌生人坐在車上叫我。」

原來是這麼一回事。織田恍然大悟。

「那個人就是三上先生嗎？」

「三上先生看到車禍的經過，也看到我從現場逃走，還知道我是誰。他對我說，他知道我的狀況，叫我趕快上車，他會送我回家。」

織田思考著三上到底有什麼目的。他只是女子馬拉松的愛好者嗎？織田認為不可能，三上是自由撰稿人，難道打算賣這次人情，之後用獨家專訪的方式要求回報嗎？

「回到這裡之後，我立刻和總教練討論，總教練狠狠罵了我一頓，然後叫我當作什麼都不知道……」

「原來是這樣。」

織田不由得佩服他們出色的團隊合作。高倉一定在聽由利子說明情況後，就察覺到中野的目的，也想好了今後該如何處理的劇本。

為了讓由利子脫身，首先必須製造出她不在車上的狀況。高倉立刻打電話給丸山，向丸山說明，要求他說只有中野一個人去研究室。

織田回想起見到丸山時的情況，覺得有好幾件事可以證明。首先，丸山再三強調中野一個人去找他，而且還不小心說溜嘴，說如果太晚，會影響到隔天的練習。如果真的只有擔任教練的中野獨自前往，他應該不會說這句話。當他說一流選手的數據很寶貴後皺起眉頭，似乎覺得自己說太多了。選手必須親自來實驗室，才能蒐集數據，他說完之後，察覺到自己的話自相矛盾。

織田和古川注意到三上可能只是巧合，於是，三上就打電話給高倉，說交通課的員警詢問了他有關車禍的情況，他假裝是目擊者。高倉和中野聽到三上的證詞內容後感到很不安。因為刻意強調輪胎滑行的聲音反而會引起懷疑。於是，三上就打電話到警局，更正了聽到滑行的聲音——情況差不多就是這樣。

「太佩服教練了，竟然可以為了保護選手犧牲自己。」

織田在說中野。由利子小聲地說：

「我和中野教練……說好要結婚。」
「喔，難怪。」
教練和選手──這也是很常見的事。
「全都是我的錯，照理說在奧運之前，我必須克制自己。」
由利子的眼眶中含著淚，聲音也哽咽起來。
「希望妳汲取這次的教訓，以後要小心謹慎，否則大家的努力都白費了。」
她聽了織田的話，驚訝地抬起頭。
「相關資料都已經移送檢方了，肇事者是中野先生。」
「啊……所以？」
「只是我自己難以釋懷，才來確認真相。即使我推翻已經塵埃落定的事，也沒有人會感到高興。」
由利子咬著嘴唇，似乎想不到該說什麼。
「請妳在馬拉松比賽中加油。」
「好。」
雖然她回答得很小聲，但可以感受到她堅定的決心。
織田走下車，繞到駕駛座旁，打開車門。她走下車時，織田看到她穿著運動衣的領口下白皙的脖頸。

「最後再提醒妳一件事。」織田說，「在傷痕完全消失之前，不要在別人面前露出脖子。」

「啊！」她輕輕叫了一聲，按住右側的脖頸。脖頸上有一條很寬的擦傷痕跡，那是安全帶的勒痕。右側脖頸上的傷痕代表她坐在駕駛座上。織田在之前看電視時，就開始懷疑由利子。古川應該也是在那時候發現的，但古川在發現後隻字未提，他同樣選擇守護由利子的未來。

「那我就告辭了。」

織田坐上車離開了，由利子一直站在那裡，目送織田的車子離開停車場。

車子開了一段路，他看到公用電話，停下車。

他把電話卡插進公用電話，按了號碼。靖子很快接起電話。

「關於蜜月旅行，我有一個請求。」

「什麼？」

「我們不要租車。」

「啊？為什麼？」

「這次無論如何都不租車了。」

「真奇怪。」雖然靖子感到奇怪，但她仍然笑著。「好啊，那這次就不租車。今晚你來我家，我請你吃大餐。」

「沒問題。」

織田掛上電話，哼著歌，坐上了車。

完

春日 ハルヒブンコ 文庫

98

交通警察之夜

交通警察の夜

交通警察之夜/東野圭吾作；王蘊潔譯. -- 初版. -- 臺北市：春天出版國際文化有限公司, 2021.09
面；　公分. --（春日文庫；98）
譯自：交通警察の夜
ISBN 978-957-741-361-1（平裝）

861.57　　　　110009750

ISBN 978-957-741-361-1
Printed in Taiwan

作　　者　東野圭吾
譯　　者　王蘊潔
總 編 輯　莊宜勳
主　　編　鍾靈

出 版 者　春天出版國際文化有限公司
地　　址　台北市大安區忠孝東路四段303號4樓之1
電　　話　02-7733-4070
傳　　真　02-7733-4069
E－mail　story@bookspring.com.tw
網　　址　http://www.bookspring.com.tw
部 落 格　http://blog.pixnet.net/bookspring
郵政帳號　19705538
戶　　名　春天出版國際文化有限公司
法律顧問　蕭顯忠律師事務所
出版日期　二〇二一年九月初版

定　　價　310元

總 經 銷　楨德圖書事業有限公司
地　　址　新北市新店區中興路二段196號8樓
電　　話　02-8919-3186
傳　　真　02-8914-5524
香港總代理　一代匯集
地　　址　九龍旺角塘尾道64號 龍駒企業大廈10 B&D室
電　　話　852-2783-8102
傳　　真　852-2396-0050